KB078981

동아
COMMUNICATION
GROUP

인생 2막,
섬나라 재벌로!

인생 2막, 섬나라 재벌로! 7권

초판 1쇄 인쇄일 | 2021년 8월 9일
초판 1쇄 발행일 | 2021년 8월 13일

지은이 | 일필
펴낸이 | 박성면
펴낸곳 | (주)동아

출판등록 | 제406-2007-000071호
주소 | 경기도 파주시 문발로 115 세종대학교출판부 206호
전화 | (031)8071-5201
팩스 | (031)8071-5204
E-mail | lion6370@hanmail.net

정가 | 8,000원

ISBN 979-11-6302-518-4 (04810)
ISBN 979-11-6302-470-5 (Set)

DONG-A MODERN FANTASY STORY
일필 현대판타지 장편소설

인생 2막,
섬나라 재벌로!

동아
COMMUNICATION
GROUP

인생 2막,
섬나라 재벌로!

목차

인생 2막,
섬나라 재벌로!

61. 장군감

인생 2막,
섬나라 재벌로!

"시기는 특정할 수 있습니까?"

"아뇨. 전혀!"

"답답하네요. 그렇다면 결국 이전 사례를 참조해 다양한 대비를 할 수밖에 없다는 거군요."

"그렇죠. 그래서 정보망을 동원해야 해요. 급성 호흡기장애 관련 질병 정보는 각국 해당 기관 소관이며 WHO가 집계해 관리하는데, 그들을 믿을 수가 없다는 게 문제거든요."

"지나치게 광범위합니다. 우리가 어떻게 전 세계를 커버할 수 있겠습니까? 효율적인 방안은 WHO와 몇몇 의심

가는 국가에 인간 알람을 설정하는 것이라고 생각합니다."

"그럼 필요한 리스트를 드릴게요."

그렇게 일단락이 되었다.

이번 예언은 워낙 부정적인 파급력이 거대해서 틀리기를 바랐다. 하지만 그럴수록 더 확신만 가중될 뿐이었다.

인류의 의학 발전을 신뢰하고 싶지만 자꾸 그 한계를 벗어날 것 같다는 느낌이 들었고, 만약 그런 사태가 발생한다면 수많은 희생이 뒤따를 것이다.

효과적으로 대처하기 위해서는 어떤 대비가 필요한지 끝없는 생각이 이어졌다. 기회라는 생각은 들지 않았다.

"소 대표님. 부탁이 있어요."

"연 단장과 관련된 건가요?"

"어머! 제 생각이 읽히나요?"

"아닙니다. 연 단장이 걱정을 많이 하더라고요. 자신이 오늘 이 관장님한테 실수를 한 건 아닌지."

"치! 약한 척은!"

"일처리 솜씨는 단호하고 현명하지만 속마음은 여리디여린 사람입니다. 그러니까 연 단장과 관련된 부분은 이 관장님이 많이 헤아려 주십시오."

"뭐에요! 나더러 더 양보하라고요?"

"연 단장의 마음을 얻으셔야 이너서클에 들어오실 수 있기 때문입니다. 연 단장은 저와 각별한 인연을 가진 분이고 특별한 일이 없는 한, 갈라설 수 있는 사이도 아닙니다."

그 말에 이부용은 할 말을 잃고 말았다.

각별한 인연이라는 표현도 마음에 와닿았지만 갈라설 수 없다는 말은 이미 함께 서 있음을 인정한 것이기 때문이었다.

웬만해서는 비집고 들어갈 틈이 없다는 말로 들렸기에 오히려 자신만 더 초라해지는 느낌을 받았다.

다행이라면 그녀의 서운한 마음을 소이치로가 알아챈 것이었다. 대립을 원지 않았으나 순리에 따라 동생이 언니에게 양보하며 따라가다 보면 연이채도 언젠가는 그녀를 믿고 앞세울 수도 있다고 생각했다.

"이부용 관장님."

"왜요!"

"우리 친해지지 않았나요?"

"친해지긴 개뿔!"

"하하하! 난 신뢰가 쌓이고 있다고 생각했습니다. 당신의 그 놀라운 재능을 존중하고 그것이 단지 이익을 위해서만 작동하지 않는 것에 고마움을 느낍니다."

"무슨 말이죠? 전 이번 예언을 활용해 이 세상 돈을 다

늙어모을 거라고요."

"하하하! 어련하시겠어요."

소이치로는 앙탈을 부리는 그녀가 순수하다고 봤다.

꽁하고 마음에 쌓아 둔다면 오히려 걱정되겠지만 속마음을 있는 그대로 보여 주고 있었기 때문이다. 자기감정에 솔직한 그녀가 남의 뒤통수를 때일 것 같지는 않았다.

더 두고 봐야겠지만.

여하튼 사적인 이야기도 더 나누며 서로를 더 깊이 이해하고 싶었으나 그런 마음을 애써 억눌렀다. 그러지 않아도 어차피 친해질 것 같았기 때문이다.

"하여튼 두고 볼 거예요!"

"이 관장님이 제 여동생과 성격이 아주 비슷하다는 거 아세요?"

"네? 료코 말인가요? 그건 아닌 것 같은데!"

"료코 말고 똑같은 성격을 지닌 여동생이 또 있습니다. 하하하!"

갑자기 미희가 떠올랐다.

늘 조잘거리며 불만을 토로했지만 누구보다 오빠를 좋아하고 따랐던 녀석이다. 공부를 꽤 잘했는데도 아들 하나만 극진히 생각했던 부모님 여력이 충분치 못해 학업은 포기했다.

매사 정확하고 따지길 좋아하면서도 정작 오빠를 자랑스러워하며 취업해서 번 돈을 상우의 학비에 보탰다.

그런 놈이 기껏 졸업해 대기업에 취업했는데, 부모형제를 챙기기는커녕 결혼해서 제 가족 지키기도 바빴으니 그 서운한 감정은 이루 말할 수 없었을 것이다.

그래도 늘 오빠바라기였다.

애틋한 상념에 젖어 있던 차에 엉뚱한 말이 들려왔다.

"가토 회장님도 딴살림을 차렸다는 말인가요?"

"하하하! 아닙니다. 우리 나오미 여사가 눈을 시퍼렇게 뜨고 있는 한, 절대 그럴 수가 없죠."

"그럼 뭐죠? 설마……."

"무엇을 상상하든 가능합니다."

그녀는 일전에 자신의 비밀을 털어놨다.

초인적인 능력은 물론 사적인 치부도 밝히며 다가왔다. 그러나 듣기만 했을 뿐, 자기 것은 언급하지 않았다.

그래도 지금 무엇을 상상하든 가능하다는 애매모호한 말을 뱉은 이유는 그녀의 독특한 재능을 알고 있기 때문이었다.

기대한 만큼은 아니지만 그녀도 소이치로에 대한 의구심이 한두 개가 아니었던 터라 한국과의 인연을 생각하는 것 같았다. 하지만 사실에 근접하지는 못했다.

하기야 빙의를 어떻게 상상할 수 있겠는가!

* * *

한국에서 의료봉사단이 도착했다.

한국을 대표하는 현대그룹을 창업한 정주영 회장이 세운 아선 복지재단은 그 규모가 어마어마하다. 실제로 기업의 사회적 책임을 다하는 역할을 해 온 게 사실이지만 후세들이 본연의 취지를 충분히 실현해 내지는 못한다고 생각했다.

복지재단임에도 십여 개의 대형 병원을 운영할뿐더러 사회복지, 장학, 학술 연구와 연찬과 같은 다양한 사업을 집행하다 보니 웬만한 중소기업들보다 큰 예산을 집행하기 때문이었다.

돈이 있는 곳에는 늘 이권을 바라는 이들이 꼬이게 마련이며 권력과 야망을 추구하는 자들의 싸움터가 되기도 한다.

그러던 차에 전례가 없던 해외 봉사 사업이 집행되었고 이사장인 성아영은 무려 백여 명의 전문 의료 인력을 데리고 방콕 수완나폼 공항에 내렸다.

"어서 오세요. 성 이사장님. 태국에 오신 것을 환영합니다!"

"새삼스럽게 왜 이러세요. 소 대표님. 그동안 일이 좀 많으셨다면서요?"

"네. 살다 보면 누구나 겪을 수 있는 일이라고 생각합니다. 하하하! 여긴 우리 굿데이의 사무국장 차암농 사장입니다. CP 그룹 아시죠?"

"아, 네. 알죠. 반갑습니다."

"우리 단체의 이사들을 소개해 드리겠습니다. 이분은……."

차암농을 비롯한 핵심 후원자들이 다 공항까지 나왔다.

그럴 수밖에 없는 것이 양측 모두 이번 의료 봉사 활동에 대해 대대적인 홍보를 이어왔기 때문이었다.

선행은 조용히 베푸는 것이 옳다고 생각하지만 이 기회를 통해 기업의 사회적 책임을 강조할 필요도 있다고 판단했다.

또한 한국 측 자금을 대는 현대그룹도 홍보 효과를 기대하고 있기 때문에 어느 정도 장단을 맞춰 줄 수밖에 없었다.

그로 인해 수많은 기자들이 몰려왔고 굿데이의 멤버 기업들도 이참에 얼굴을 내밀어 이미지를 관리하고 싶어 했다.

그걸 나쁘게 볼 필요는 없었다. 홍보 효과가 클수록 더 많은 기부가 이뤄질 것이고 비례한 선행으로 이어질 수 있기 때문에 기꺼이 소 대표가 나서 중간자의 역할을 감당했다.

"쿤디. 같이 가셔야죠."

"아닙니다. 기자회견은 사무국장님이 주관해 주십시오. 전 카메라 앞에 설 마음이 없습니다."

"그래도 같이 입장은 하시죠. 여덟 명의 멤버가 이렇게 다 모이기도 힘들지 않습니까!"

"그러면 저는 그저 얼굴만 비추겠습니다. 혹시 저나 SSL 에 대한 질문이 나오면 적당히 끊어주시면 고맙겠습니다."

"굳이 그럴 필요가 있나요? SSL은 이미 우리 태국을 대표하는 기업으로 성장하지 않았습니까?"

"그래도 상중인 제가 편한 얼굴로 언론에 비치는 것은 그다지 내키지 않아서 그렇습니다."

알겠다는 말을 듣고 기자회견장에 들어섰다.

그런데 스포트라이트는 한국 단체의 대표인 성아영과 혹시 몰라 통역을 위해 그녀의 뒤에 서 있던 소 대표에게 향했다.

SSL은 물론 히타치에 대해서도 관심이 많았기 때문이었다.

그래도 부탁을 받은 차암농이 적절하게 질문을 통제하며

회견 분위기를 잘 주도했는데, 생각지도 못한 일본 기자가 나서더니 좌중의 시선을 한데 모을 민감한 질문을 던졌다.

- NHK 토마 기자입니다. 전 SSL의 대표이자 히타치 그룹의 후계자이자 실질적인 경영을 하고 있는 소이치로 대표에게 묻고 싶은 것이 있습니다.

"지금 이 자리는 개별 기업에 대한 질문은 받지 않겠다고 사전에 양해를 구했습니다. 미안하지만 이번 봉사 활동에 대한 질문이 없으시면 다음 기자의 질문을 받겠습니다."

- 일본은 물론 태국에도 영향을 미치는 사안입니다. SSL이 일본 자동차 기업인 닛산을 인수한다고 하는데, 아예 닛산이라는 메이커 이름도 바꾸고 태국산 자동차 기업으로 환골탈태를 한다고 하던데, 그게 사실입니까?

술렁일 수밖에 없었다.

태국어는 전혀 못하는지 영어를 구사했는데, 그마저도 엉성한 동남아식 영어여서 웬만한 기자들은 다 알아들었다.

그리고 크게 술렁이기 시작했다.

'태국산 자동차 기업'이라는 표현이 던진 파장이 이렇게 대단할 줄은 소이치로도 미처 몰랐다. 그러나 누구보다 확실하게 그들의 반응을 캐치해 냈다.

이건 기회라는 생각이 스쳐 지나갔다.

국뽕이 차오르는 태국 기자들이 뜨거운 시선으로 소이치로가 나서길 기대하고 있어 입을 떼 그렇다고 시인만 해도 열렬한 호응을 받을 수 있을 것 같았다.

하지만 오른손을 들어 그만하라는 제스처를 보였다. 역시 이 자리에 어울리지 않는 인터뷰라는 것을 재차 강조한 행동이었다.

- 그럼 나중에라도 인터뷰를 해 주시겠습니까?

너무 질기게 물고 늘어져 그를 똑바로 쳐다봤다.

왜 말을 듣지 않느냐는 투였는데, 실제로 소 대표의 시선을 마주한 NHK 기자는 움찔 놀라며 한 발 뒤로 물러섰다.

그러나 이내 안심하고 자리에 앉았다.

소이치로가 미세하나마 고개를 끄덕였기 때문이었다.

다시 본론으로 돌아온 기자회견은 매우 긍정적인 기사들을 쏟아 내게 만들었다. 사실 태국이 동남아를 대표하는 강대국이라고 자부하는 태국인들 중에는 이런 활동이 탐탁지 않은 이들도 상당수였다.

태국은 주변국에서 찾아볼 수 없는 의료 수준과 시설을 갖추고 있었기 때문이다. 하지만 그런 자부심이 미치지 않는 산간 오지로 들어간다는 말에 태클을 걸 수는 없었던 것이다.

"왜 중간에 그냥 나오세요?"

"쑥스러워서."

"그게 아닌 것 같은데요?"

"폰타나. 당신이 나서서 해 줄 게 있어."

"저요? 무슨 일인데요?"

소이치로는 자신이 나서지 않아도 SSL은 충분히 넉넉한 홍보 효과를 얻었다고 판단했다. 그러나 일본 기자의 질문을 통해 알게 된 태국인들의 반응을 그냥 버리기에는 아까웠다.

그렇다고 이 행사와 관련이 없어 함구한 것을 다시 입에 담기도 애매해 폰타나를 통해 다른 수단을 강구했던 것이다.

그건 바로 동행 취재 제안이었다.

의료 봉사 활동의 모든 과정을 밀착 취재할 수 있는 기자들을 섭외하되, 우호적인 인물을 고르라는 지시였다.

기자회견이 끝나고 성아영이 소이치로에게로 달려왔다.

"그냥 가신 줄 알고 깜짝 놀랐어요."

"이사장님을 두고 제가 어딜 갑니까. 저도 이번 봉사 활동에 끝까지 함께할 겁니다."

"정말이요? 엄청 힘들 것 같다던데, 왜요?"

"이사장님은 안 가고 노실 생각이었습니까?"

"아니요. 가요 가!"

성아영은 시작과 마무리 때만 얼굴을 비추고 소이치로와 함께 추후 시작할 사업에 대한 다양한 논의를 할 생각을 가지고 왔던 것이다.

오지에 직접 가서 고생할 마음은 추호도 없었는데, 소이치로가 간다고 하니 혼자만 남을 수도 없게 된 것이다.

공항을 빠져나가자 이번 행사를 위해 준비된 버스가 줄지어 서 있었다. 방콕에서 쉬지 않고 오늘 곧바로 칸차나부리로 이동하기로 했기 때문에 일정이 빡빡했다.

"전 어디 타죠?"

"이사장님은 저랑 같이 가시죠. 전용기를 띄울 겁니다."

"와우! 다행이네요."

힘들어서가 아니라 시간을 아끼기 위해서였다.

다시 한 번 전체 일정을 확인한 소이치로는 버스가 출발하는 것을 지켜본 뒤 돈무앙 공항으로 향했고, 대기하던 전용기에 올라 차논의 저택이 있는 펫차부리로 향했다.

차논을 모시고 함께 이동할 예정이었기 때문이다. 인적이 드문 산간 오지로 가는 것이기에 수행하는 경호 인력은 최소화시켰다. 헬기의 좌석이 8석임을 고려하지 않을 수 없었다.

차논과 그의 측근 2명, 성아영과 수행비서는 뺄 수 없어 움과 안승태가 추천한 경호원 임현만 대동하게 되었다.

"여기 분위기 정말 좋네요. 대체 저택 부지가 몇 평이죠?"

"글쎄요……. 굳이 넓이를 신경 쓰시지는 않을 것 같군요. 이 저택의 주인이 누군지는 알죠?"

"네. 듣긴 했어요. 태국에서 가장 많은 현찰을 보유한 지하경제의 대부였고. 대표님의 수호천사라고."

"수호천사요? 그렇기는 하죠. 영어로 의사소통하면 됩니다. 우리 봉사 활동은 기본적으로 그의 복지사업을 지원하는 것이니까 궁금한 것이 있으면 언제든 여쭤도 될 겁니다."

"대표님이 계신데 제가 굳이 나설 필요는 없잖아요. 전무조건 대표님만 따라다닐 거니까 알아서 해 주세요."

귀찮은 일이 기다릴 것 같다는 느낌을 지울 수 없었다.

84년생인 그녀는 마흔을 바라보는 나이다. 워낙 관리를 잘해 기껏해야 서른 안팎으로 보이지만 건강이 문제가 아니라 이런 험한 일을 해 보지 않았다는 것이 문제였다.

그녀를 데리고 산간 오지를 다니는 것이 쉬울 것 같지 않았다. 수행비서라도 든든한 남자면 좋은데, 움처럼 새파란 여자애를 데려와 걱정이 줄지 않았다.

그런데 성아영의 인사를 받은 차논이 특이한 말을 던졌다.

"옛날 같았으면 장군감인데……."

"하하하! 알아들으면 삐칠지도 모릅니다."

"그건 내가 알 바 아니지. 한국 현대그룹 일가라고 했나?"

"네. 배포가 아주 크고 능력도 출중해 이미 다양한 부문에서 상당한 영향력을 발휘하고 있습니다."

"그게 제 명을 단축하는 행동이란 걸 모르나?"

"설마 한 집안인데, 목숨까지 노리기야 하겠습니까?"

"한 집안이니까 더 위험한 거지. 예로부터 권력 앞에 가장 위협이 된 사람은 늘 가족이었다는 걸 모르나!"

자신에 대한 이야기를 한다는 걸 눈치챘다.

하지만 빙긋이 웃을 뿐, 개의치 않았다.

이부용이 실리완처럼 조신한 여우 스타일이라면 성아영은 따능처럼 괄괄한 성격인 것은 분명했다.

그래도 한국 여성답게 자기 관리에는 철저해 눈처럼 하얀 피부와 세련된 외모를 자랑했는데, 장군감이라는 말을 들었다면 꽤나 서운했을 것 같았다.

첫인상이 좋았는지 꽤나 적극적이었지만 보수적인 소이치로의 성품을 알게 된 이후로는 확실한 선을 지켰다.

그런데 차논이 있는 자리에서 엉뚱한 질문을 던졌다.

"나오미 여사께서 재혼을 독촉하지 않으세요?"

"우리 나오미 여사를 압니까?"

"그럼요. 같이 골프 라운드도 두 번이나 돌았는걸요!"

"네?"

"어머! 모르고 계셨어요?"

오기태가 정기적으로 부모님의 동향을 보고하고 있다.

하지만 그런 내용은 전혀 없었다. 특이하게도 가토 회장과 나오미 여사는 산 좋고 물 좋다는 속초에 머물고 있었는데, 그야말로 편안한 노후의 전형이라고 생각했다.

아주 바람직하다고만 생각했는데 성아영과 두 번이나 골프를 쳤다는 말에 적잖이 놀랐다. 결국 한국에서도 나름 활동을 하고 있다는 의미였기 때문이다.

대체 무엇을 왜 하고 있는지 확인이 필요했다.

"속초 별장에 머문다고 들었는데, 어떻게?"

"제가 인사드리러 찾아갔었어요. 그런데 이미 그 두 분과 절친한 지인들이 여럿 있던데요?"

"누구요?"

"한국과 일본에 두루 기반을 보유한 롯데 사람들이 두 분을 아주 극진히 모시던데, 롯데와 협력할 건가요?"

"이런!"

오기태가 의도적으로 감춘 게 분명했다.

하기야 그로서는 나오미 여사의 명을 거역하기 힘들었을 것이다. 그래도 매우 충격적인 이야기였다.

일선에서 물러나 일을 놓고 있는 줄 알았는데, 느낌이 좋지 않았다. 왜냐면 그녀의 한국에 대한 고정관념이 어떤지 인지하고 있었기 때문이다.

더욱이 평소 좋지 않게 여기던 자들과 어울린다는 사실을 알게 된 소이치로는 잠시 자리를 떠나 윤원호와 통화했다.

나오미 여사의 한국 동정을 파악해 보고하라는 지시를 내린 것이다. 롯데 이야기를 하자 윤원호도 사태의 심각성을 단번에 파악했는지, 빠르게 조치하겠다고 말했다.

"롯데를 아주 싫어하시는군요?"

"직원들을 미워할 이유는 없습니다. 하지만 사업 행태도 그렇고 특히 오너 일가의 비인간적인 행태는 지탄받아야 마땅하다고 생각합니다."

"으음…… 재벌들은 다 오십보백보 아닌가?"

"그렇지가 않습니다. 현대도 비슷한 사태를 겪었지만 패륜은……. 일부에 지나지 않았고 창피한 줄도 알지 않습니까!"

"대체 뭐가 우리 소 대표님을 이리도 분노케 했을까?"

이미 언급한 것 이외에도 개인적으로 쌓인 게 많았다.

두 번이나 그들의 훼방으로 진행하던 프로젝트에 물을 먹은 적이 있었고 돈이면 다 된다는 사고방식으로 인해 아끼던 후배의 인생이 망가지는 것을 지켜봤기 때문이었다.

돈이 절실한 사람을 매수해 막대한 이득을 취했으면 책임이라도 져야 하는데, 뒤통수를 치고 오히려 약점을 이용해 협박한 나머지 스스로 생을 마감하고 말았다.

자신도 비슷한 처지였기에 그들만 생각하면 이가 갈렸다.

물론 그걸 알 턱이 없는 나오미 여사가 이용하기 쉬운 상대로 봤을 가능성이 높다. 제법 대단해도 일본에서 그들은 늘 아웃사이더일 수밖에 없는데, 명문가인 아유카와 가문과 친분을 가진다면 여러모로 유익하다고 봤을 것이다.

"그런데 나오미 여사는 왜 만난 겁니까?"

"그분이 한국에 거액을 투자한다는 소문이 자자하거든요. 전 진위를 파악하고 싶었고 소 대표님과 각별한 인연이 있으니 궁금하기도 했죠."

"사업 파트너를 구하는 거군요. 우리 나오미 여사께서."

"네. 산업용 기계 및 플랜트 사업을 하신다고 해요. 소재 부품장비 사업은 한국 정부가 전략적으로 장려하는 부문이고, 아무래도 히타치의 기술력이 더해지고 철도차량과 엘

리베이터, 에스컬레이터까지 생산한다면 단숨에 자리를 잡을 것이라고 보는 거죠."

"한국 롯데가 그걸 노리는 거로군요."

소이치로가 재편한 히타치의 4대 사업 중에 하나인 Social Infrastructure & Industrial Systems를 옮기려는 것인지, 지사를 세우려는 것인지 판단이 서지 않지만 계열사의 핵심 사업을 협의하지 않고 변화를 꾀하는 것은 바람직하지 않았다.

원자력, 태양광을 포함한 발전 시스템 사업을 제외하면 해당 계열사의 주요 사업들이 다 연관되어 있기 때문에 알아야 했다.

특히 철도 차량과 엘리베이터 부문은 한국으로부터 상당한 수익을 올리고 있으며 앞으로도 수주 가능성이 매우 높다.

막상 한국에 가서 보니 만만해 보였던 것일까?

"걱정스럽기도 했어요."

"예를 들면 어떤 거죠?"

"하려는 사업의 상당 부문이 한국 대기업들과 겹치는데, 수입하는 것과 한국 땅에 자리를 잡는 것은 다르죠. 그걸 누가 반기겠느냐고요. 롯데 같은 박쥐가 아니라면."

"당장 현대와도 겹치는 게 많군요."

"그래서 기왕 손을 잡을 거면 우리가 낫다고 봤는데, 도무지 속을 모르겠더라고요."

"올바른 판단이지만 그 일에는 나서지 마세요."

"왜요?"

적절한지 확신이 없다면 꺼낼 수 있는 말은 아니었다.

하지만 차논의 견해도 있었고 그녀가 호감을 가지고 다가서고 있었기 때문에 망설일 필요가 없다고 판단했다.

그래서 일가 내의 분위기가 어떤지부터 물었다. 특히 장의선 회장과의 관계를 직접적으로 확인하고자 했는데, 그녀의 반응은 의외로 차가웠다.

"그걸 왜 당신이 걱정하죠?"

"남의 일 같지가 않아서입니다. 기분이 나쁘다면 더는 언급하지 않겠습니다."

"아니에요. 고마워요. 저를 걱정해 주는 거잖아요. 하지만 소 대표가 그렇게 말할 정도라면 너무 심각해서 그래요. 어떻게 그런 생각을 하게 된 거죠?"

"처음부터 그런 생각을 했습니다. 제철 사업을 실질적으로 주도하고 있으면서도 굳이 남동생을 내세운 이유가 바로 그것 때문이지 않습니까?"

"난 가문을 위해 최선을 다하고 협조하는데, 밀어내고자 한다면 그때는 나도 어쩔 수 없죠!"

"바로 그런 마음가짐을 저쪽에서 이미 파악하고 있다는 것이 문제 아닐까요?"

너무 잘난 것이 문제였다.

그래도 정도를 벗어나고 싶지는 않은 그녀를 있는 그대로 봐 주지 않는다는 것이 문제였다. 그건 그녀의 입장일 뿐, 대척점에 있는 사람이 느끼는 감정은 그렇지가 않을 것이다.

아무리 충심을 강조해도 대안이 될 수 있는 것만으로도 충분히 위협이 되기 때문이다.

역사를 통해 배울 수 있듯이 영웅은 시대와 환경이 만드는 것이지, 스스로 지존이 되겠다는 뜻을 드러낸 효웅은 없었다.

"후우! 한국을 떠야 하나요?"

"그래서 저랑 손을 잡으려는 거 아니었나요?"

"넋 놓고 당할 수만은 없잖아요."

"대비하는 것이 마땅하지만 그런 상황이 위기를 재촉할 수도 있습니다. 그래서 제안하는데, 우리 세이프티의 경호를 요청하십시오."

"신변 보호를 맡길 만큼 위험하다는 건가요?"

"조심해서 나쁠 게 없습니다. 저라고 처자식을 잃을 줄 알았겠습니까?"

"아! 알았어요. 부탁할게요."

경호를 강화하는 것은 그녀도 할 수 있다.

현대그룹과 같은 대기업은 자체 보안경호 회사를 운영하고 있기 때문이다. 하지만 내부 사람을 쓰는 것은 언제나 구멍 하나를 내주는 것이나 다름이 없음을 인정한 것이다.

그녀가 확보한 힘과 권한에 비해 자위 수단이 취약하다는 것을 인정한 부분은 참으로 다행이었다.

그로 인해 한결 가까워지게 된 것도 바람직했다.

* * *

"차논. 정말 대단한 분이신 것 같아요."

"저도 이번에 다시금 생각해 보게 되었습니다. 이렇게 열렬한 환영과 존중을 받을 줄은 미처 몰랐습니다."

"이런 분위기라면 거의 이 지역의 왕(王)이나 다름이 없는 것 같아요."

"왕?"

시작은 태국 칸차나부리 서북부 산간 지역이었다.

그러나 깊은 정글로 들어서면서 마주하게 된 소수민족 사람들은 국가라는 개념, 소속감 따위는 없었다.

태국과 미얀마의 국경이 무색하게 양국에 걸쳐 흩어져

살았으며 오히려 양국 정부를 두려워한다는 것도 알게 되었다.

혜택은 본 적도 없으며 핍박당하지 않으면 다행이라고 생각하는 이유는 지난 역사를 통해 뼈저린 아픔만 기억하고 있었기 때문이었다.

그런 이들에게 진심 어린 지원을 아끼지 않은 차논을 그들은 절대자인 부처처럼 고귀한 존재로 여기는 광경을 여러 번 목도했던 것이다.

"독립 국가를 세워도 되겠어요."

"그런 말씀을 입에 담는 것은 지극히 위험합니다."

"아! 그럴 수도 있겠네요. 하지만 정부에서 파견된 관리들도 그분에게 꾸뻑 숙이던데, 문제랄 게 있나요?"

"여기 있을 때는 떡고물이라도 챙길 수 있으니까 문제가 없지만 다른 곳으로 부임하면 엉뚱한 소리를 뱉을 수도 있습니다."

"혹시 그래서 S1 시큐러티를 만든 건 아닐까요?"

"아!"

성아영의 말을 들은 소이치로는 멍해졌다.

맞는 말일지도 모른다는 생각이 들었는데, 왜 자신은 한 번도 그런 생각을 하지 못했는지 안타까웠기 때문이다.

그녀의 직관력에 감탄할 수밖에 없었다.

차논은 평생 적과 대치해 왔다. 때로는 눈에 보이는 돈과 권력일 수 있었고, 그것으로 인해 사랑하는 많은 것을 잃었다.

본인이 거대한 부와 힘을 얻었을 때는 이미 마음의 상처가 극심해 작은 걱정도 용납하기 어려웠을 것이고, 그런 불안감이 구체적으로 나타난 것이 S1이라고 봐야 했다.

'S1을 투입하는 것이 옳을까?'

당위성을 느끼면서도 의구심이 앞선 이유는 S1의 성격이 그가 원하는 일을 감당하기에 적절하지 않았기 때문이다.

출신도 그러려니와 온갖 이권에 개입해 스스로 최고의 권력 기관이라는 의식마저 가진 그들이 과연 차논을 보위하는 데 적절한지 확신할 수가 없었다.

그보다 먼저 결론을 내려야 할 것이 있긴 했다.

차논이 과연 이들의 독립을 원하고 있느냐는 것이다.

힘의 중심이 바뀔 때마다 여기저기서 치였던 소수민족들이 산간 오지에 틀어박힌 삶을 고집하는 이유는 과거와 같은 아픔을 재현하고 싶은 생각이 없기 때문이다.

때문에 아무리 존경을 받아도 그들을 데리고 불속으로 뛰어드는 모험을 감행할 가능성은 매우 낮았다.

"몸은 힘들지만 오길 잘한 것 같아요."

"저도 마찬가지입니다. 선한 영향력을 끼친다는 것은 알고 있었지만 그게 또 다른 파국을 불러올 수도 있다는 것을 알게 되었으니까요."

"그렇게 심각하게 받아들일 문제인가요?"

"태국은 우려할 게 없습니다. 아직도 어르신의 영향력은 막강하며 저도 온 힘을 다해 도울 거니까요. 하지만 미얀마의 동향은 장담할 수 없습니다."

"저도 최근 군부의 움직임이 심상치 않다고 들었어요."

그거였다.

태국 정부로부터는 혜택도 없지만 딱히 핍박이나 압박도 없다. 굳이 산속에 틀어박혀 사는 소수민족을 건드려 봐야 득이 될 게 없고 국제적인 지탄만 받는다는 것을 알고 있다.

어차피 거둬들일 세금도 없는 가난한 소수민족에 대한 사회적 차별은 존재하지만 그마저도 부담스러워한다. 외국인들이 많이 찾고 거주하는 열린사회이기 때문에 인권 의식이 높은 것도 사실이다.

하지만 미얀마 정국은 최근 이상 징후가 감지되고 있다. 개혁개방으로 삶의 질이 조금씩 나아지고 민주주의에 대한 의식이 높아지면서 더는 군부의 부당한 정치 행위와 개입을 용납하지 못하는 국민들이 많아졌다.

"겪어야 할 과정이긴 하지만 문제는 총칼을 든 자들의 무지한 사고방식이 수많은 피를 부를 수도 있다는 점이죠."

"아직도 중앙 정부의 행정력이 미치지 못하는 곳이 있다는 게 문제인 거죠?"

"직접 보고 있지 않았습니까? 저 능선을 넘어가면 미얀마 땅입니다. 오늘 진료를 받기 위해 온 환자의 절반은 바로 저기에서 왔습니다."

"미얀마 사람이라는 건가요? 그럼 그들은 지금 국경을 불법으로 넘어온 거잖아요!"

미얀마 카인 주에 사는 카렌족 환자들이 대거 찾아왔다.

이런 기회가 흔치 않아 사전에 일정을 통지했고, 한국 의사들이 치료해 준다는 말을 접한 고산족들이 그야말로 산 넘고 물 건너 몰려오고 있었다.

이들에게 국경은 큰 의미가 없기에 당연한 행위였으나 성아영의 지적처럼 문제를 삼는다면 심각해질 수도 있다.

태국 땅에 넘어왔어도 돌아만 간다면 태국은 문제 삼지 않을 수도 있지만, 미얀마 중앙 정부나 지방 정부가 변죽을 부리면 엄한 처벌이 내려질 수도 있다.

게다가 최근 선거에서 압승을 거둔 민주 세력이 군부의 정치 개입을 차단하는 법 개정을 시도하고 있기 때문에 미얀마 정국은 풍전등화라고 볼 수 있었다.

그래서 차논과 깊은 대화의 필요성을 절감했다.

"문제가 되진 않을 거야."

"그래도 만약의 사태에 대비하는 것이 좋을 것 같습니다."

"어떻게?"

"S1 요원들을 파견해 치안을 확보하면 어떻겠습니까?"

"불가하네!"

"민감한 국경 인근에 상주시키자는 것은 아닙니다. 카오램 국립공원 인근에 후방 지원 센터를 하나 만들어 어르신이 활동할 때만이라도 합류해 경호할 수 있게 허락해 주십시오."

"자네 마음은 알겠는데, 명분도 없는 병력 상주는 불필요한 오해를 낳을 수도 있어."

"명분은 세우기 나름입니다. 저희 SSL에서 풍수가 좋은 칸차나부리 고산 지역 국립공원 개발에 적극 나서겠습니다. 어차피 확보해 둔 땅은 많지 않습니까!"

해답을 제시했다.

어차피 차논은 인근의 땅을 엄청나게 사들였다.

부동산 투자는 아니다. 개발 가능성이 전혀 없던 시기부터 꾸준히 임야와 산지를 사들인 이유는 당신의 뿌리인 고산족들의 불확실한 미래를 위한 보험이라고 볼 수 있었다.

그리고 마침내 그게 유용하게 쓰일 상황을 맞이한 것이다.

실제로 태국인들에게도 3개의 국립공원이 밀집한 칸차나부리 고산 지역은 유명한 관광지로 입에 오르내리고 있었다.

울창한 자연이 살아 숨 쉬고 드넓은 호수까지 펼쳐진 숨겨진 낙원이라고 불리며 이젠 외국인들도 찾기 시작한 아름다운 명소였기 때문이다.

인생 2막,
섬나라 재벌로!

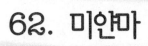

62. 미얀마

인생 2막,
섬나라 재벌로!

"자네의 의도는 이해하지만 그건 착각이야. 미얀마 정국
이 불안해지면 정든 고향을 버리고 태국으로 넘어올 것이
라고 생각하는 거잖아?"

"어차피 밀리고 밀려 숨어든 곳이지 않습니까!"

"그건 아주 옛날 옛적 얘기지. 땅의 소유나 가치에 대한
의미가 희미해 어딜 가나 상관이 없던 세상이 더는 아니라
는 걸세. 아무리 값싼 땅이라도 제 피땀을 흘려 구입한 땅
을 포기하지는 않는다는 것을 알아야 해."

"아! 그렇군요. 제가 생각이 짧았습니다."

차논은 본인이 사 둔 땅이 아무리 커도 그들을 모두 수

용할 수는 없을 것이라는 현실적인 언급도 보탰다.

또한 그들도 마냥 반기지도 않을 것이라는 의외의 의견까지 더했다. 그저 도와주면 무엇이든 반길 것 같지만 삶의 터전만큼은 버리지 않고 끝까지 싸울 가능성이 높다고 말했다.

피한다고 안정이 찾아올 것이라는 생각을 더 이상 하지 않으며 더는 갈 곳이 없다는 현실 인식도 가지고 있다는 말에 생각을 고쳐먹을 수밖에 없었다.

"결국 미얀마 사태에 개입할 수밖에 없군요!"

"어허! 쿤디. 그건 너무 많이 나간 생각이야!"

"과연 그럴까요?"

"설마 대비하고 있었던 건가?"

"미얀마 진출은 아직 이르지만 관심을 가지고 상황을 주시하고 있습니다."

"그래? 궁금하군. 자네가 보고 있는 미얀마 상황이."

태국을 거점으로 하고 있지만 주변 국가의 상황을 늘 주시하고 있었다. 라오스의 경우는 워낙 중국 자본이 판을 치고 있어 제외했지만 미얀마와 캄보디아는 노동 단가가 워낙 저렴해 관심을 가지지 않을 수 없었다.

그 외에도 말레이시아, 베트남, 인도네시아가 있는데 돌아가는 꼴을 보니 정나미가 떨어져 가장 적당한 투자처를 미얀마라고 보고 있었다.

문제는 정치 상황이었다. 아무리 국민성이 좋고 노동 효율이 높아도 정부의 정책이 엉망이면 베트남, 인도네시아 꼴이 날 것 같아 투자를 주저하고 있었던 것이 사실이다.

"군부의 야욕이 표면적인 원인이지만 실질적인 문제는 중국 자본입니다. 더 정확히 말하면 중국의 패권적인 경제 침략 전략이 미얀마를 또다시 내전의 소용돌이로 몰아넣을 수도 있다고 생각합니다."

"내전? 쿠데타가 처음도 아닌데 지금처럼 안정된 상황에서도 내전이 일어날 것이라고?"

"네. 극한 대립이 전쟁으로 이어질 가능성이 매우 높습니다. 개방과 시장경제, 그리고 민주화에 고취된 국민들의 바람을 또다시 총칼로 억누르려고 한다면 필시 대대적인 저항이 따를 겁니다."

차논은 내전에 동의하지 않았다.

군부의 무리한 정치 개입이 문제는 되겠지만 동남아 국가들이 대개 그러하듯이 권력에 순응할 가능성이 높다고 봤다.

그에 따른 피해가 너무도 막대할 것이기에 애써 부정하는 것 같기도 했다. 하지만 한 번 싹튼 민주화에 대한 열망은 결코 쉽게 사그라들지 않을 것이다.

한 사람 한 사람의 표가 모여 자신들을 대표하는 국가 권력이 탄생하는 맛을 이미 봤다. 또한 개혁과 개방을 통해 접한 여러 선진 국가의 체제를 봤기에 자유에 대한 의지는 꺾이지 않을 것이다.

"중국의 개입을 막고 자유 선진국들의 구체적인 지지가 따른다면 군부의 쿠데타는 실패할 수도 있습니다."

"중국 입장에서는 벵골만을 거쳐 인도양으로 나갈 수 있는 관문이기 때문에 미안마를 절대 포기할 수 없을 거야."

"네. 중국에 대한 미국의 전 방위적인 압박이 거세지고 있기 때문에 더더욱 미안마의 봉쇄는 절실한 문제일 겁니다."

"그걸 알고 있고 이미 중국 자본이 상당히 깊이 침범해 있는데, 그걸 어떻게 인위적으로 저지할 수가 있느냐고?"

"민주 정권을 믿을 수는 없습니다. 차라리 군부 내의 파벌을 이용해 견제를 하는 것이 효과적일 것이라고 생각합니다."

"파벌?"

차논은 현 정부의 무력함에는 동의했다.

그도 그럴 것이 오랫동안 독재 정권하에 있었기에 충분한 정치 역량을 갖추지 못했고 매사가 어설펐다.

국민들의 열망을 채워 주려면 실질적인 힘도 갖춰야 하

는데, 그것을 위해 무력을 보유한 군부와 시기적절한 타협을 병행했어야 한다.

그저 표만 믿고 밀어낸다면 힘을 가진 군부 세력이 순순히 물러날 리 만무하다는 것을 알고 대처했어야 한다.

하지만 아무런 준비도 없이 선거에서 이겼으니 너희들은 물러가라고 외친다면 그건 자살골이 될 수밖에 없다.

그래서 생각한 현실적인 대안은 역시 권력의 정점에 위치한 자들끼리의 내분을 이용하는 전략을 구사하는 것이었다.

"구체적인 계획은 있나?"

"아닙니다. 이제부터 세워야지요."

"때가 이르면 내가 적절한 인물을 소개하겠네."

"사전 정보가 필요합니다."

"내가 오래전부터 교류를 해 온 이들이 있는데……."

미얀마가 가진 사회정치적 문제점은 한두 가지가 아니다.

일단은 영국의 식민 지배를 겪으며 발생한 근대사적인 문제점들이 가장 심각한데, 대표적인 것이 소수민족 문제다.

로힝야족처럼 아예 국외로 추방시키거나 씨를 말려야 할 대상으로 보는 소수민족도 있고, 버마족을 차별하고 억압

하는 데 앞장섰던 카친족, 카렌족, 샨족 등도 아직 해결되지 않은 갈등으로 인해 반군이 사라지지 않았다.

2010년대 이후 민주화가 진행되면서 심각한 대립은 사라지고 있기에 또다시 소수민족과의 대립을 활용하는 것은 내키지 않았다.

다행히 차논의 언급 중에 적절한 세력이 있었다.

"우 싸우 가문이 최적인 것 같습니다."

"그들은 아웅 산 가문과 함께 설 수 없는 원수 집안인데, 상관이 없을까?"

"그래서 더 확실한 카드일 수도 있다고 봅니다. 상세한 조사와 직접 대화도 해 봐야겠지만 미요키트의 차남인 우 윈이 정보사령부 수장이라는 것이 장점이 될 겁니다."

"각별히 조심해야 하네."

"이를 말이겠습니까!"

"자네도 확인했다시피 카렌 주와 몬 주는 내게 아주 우호적이야. 그게 걸림돌이 될지도 모르지만 결정적인 순간에 확실한 우군이 될 수 있다는 점을 염두에 두게."

"네. 얼마나 다행인지 모릅니다."

실제로 확인한 미얀마의 상황은 이중적이었다.

차논의 지속적인 소수민족 지원은 태국보다 미얀마 중앙 정부가 오히려 더 민감하게 인식하고 있었다. 지방 정부는

호의적이며 적잖은 배려도 아끼지 않았다.

아무래도 차논의 출신과 연관이 있다고 봐야 했다. 여하튼 차논도 미얀마 핵심 세력과 교류를 가지려고 꽤나 노력했었다.

그의 빵빵한 자금력이라면 얼마든지 가능한 일일 텐데도 꼿꼿하고 곧은 성품 때문에 적정한 선만 유지해 왔다. 그런 자금이 있다면 차라리 지원에 쓰는 게 옳다고 생각한 것이다.

현재 미얀마를 대표하는 유명 정치인은 누가 뭐래도 아웅 산 수치 여사다. 그녀는 미얀마 독립운동을 이끈 아웅 산 장군의 딸로 그를 암살한 우 싸우 집안과는 한 하늘을 이고 살 수 없는 관계였다.

"무슨 심각한 얘길 하신 거죠?"

"미얀마 정국이 최근 심상치가 않습니다."

"동남아 국가들은 툭하면 쿠데타가 일어나잖아요. 그래도 정권만 바뀔 뿐 대다수의 사람들은 신경도 쓰지 않는다고 들었는데, 뭐가 있나요?"

"태국과 미얀마는 상황이 다릅니다."

길게 얘기할 화제는 아니라고 생각했다.

하지만 성아영은 끈질기게 질문을 이어갔다. 아무래도 산간 오지에서의 캠프 생활이 무료하기 때문인 것 같았다.

현지 상황을 확인한 소이치로는 더 이상 체류할 필요가 없어 하산하기로 결정했다. 아니나 다를까 성아영도 따라 붙었다.

함께 있는 시간이 길어지면서 결국 미얀마에 대한 이야기가 오갔는데, 그녀는 현 상황을 오히려 기회라고 봤다.

세계 유수의 대기업들이 미얀마 진출을 꺼리는 이유가 정치적인 안정감이 떨어지고 몇몇 주요 도시 이외 지역은 산업 인프라가 거의 갖춰져 있지 않으며 불안한 치안은 물론 통행의 자유가 허용되지 않기 때문이었다.

그런데 그녀는 벌써 소이치로가 구상하는 계획이 성공한다는 전제하에 그 다음을 고려하는 언급을 꺼낸 것이다.

"기왕 지원할 바에는 아예 정권을 잡을 세력을 골라야죠."

"정경 유착. 결코 바람직하지 않습니다."

"아마추어처럼 왜 이러세요. 나만 깨끗하면 남들도 깨끗할 거라는 생각을 하는 건가요? 이미 중국 자본의 단맛을 봤던 자들이 아무 대안도 없이 순수하게 한 편이 되어 줄 거라는 생각이야말로 어리숙한 자세라고 봐요."

"하하하! 이리숙하다……."

틀린 말은 아니다.

대놓고 언급하진 않았으나 소이치로도 감안하고 있었다.

큰 이득을 노리지 않더라도 최소한 동남아 투자 리스크를 줄일 수만 있어도 충분한 가치가 있다. 또한 신뢰가 쌓이면 자연스럽게 편의를 봐줄 것이고 그것도 정경 유착이 아니라고 잡아 뗄 수는 없다.

다만 대놓고 그런 것을 의도하는 것과 자연스럽게 이뤄지는 것은 큰 차이라고 생각하는 것일 뿐.

"올인의 위험성을 분산시키는 차원에서 미얀마에 전장부품 사업의 일부 시설을 구축하는 것도 한 방안인 것 같아요."

"경제적인 이점은 분명합니다. 하지만 서두르지 말고 일단 추이를 좀 지켜보시죠."

"그럼 대표님은 대표님의 일을 하세요. 전 저대로 움직여 볼 테니까요. 혹시 조심해야 하는 게 있다면 미리 언질을 좀 주시고요."

"알겠습니다."

신뢰를 받는 것은 좋지만 적극적이다 못해 호전적인 그녀의 모습은 든든하기도 하지만 적잖은 부담을 안겨 줬다.

그런 강력한 추진력이 있어 여자의 몸으로 그 험한 현대가에서 자신의 영역을 구축할 수 있었던 것일 게다.

대단하다는 생각의 뒤편에는 시기하는 이들도 있을 것이고 견제해야 한다는 결심을 품은 자들도 잉태되었을 것이다.

본인도 늘 조심한다고 했을 것이나 모든 게 자신의 것이라고 생각할 후계자의 눈에는 곱게 보일 리가 없지 않겠나!

* * *

"가시죠. 보스!"

"참……. 그냥 파리에서 마무리를 하시지."

"저도 요청했지만 르노 측도 대표님을 만나고 싶어 했어요."

"그야 지은 죄가 있으니까 그러는 거잖습니까! 이미 협상 조건에 포함되었는데, 뭐가 불안하다고 그러는 거죠?"

"아무리 명시되어도 칼자루를 우리가 쥐고 있다는 것을 아는 거죠."

"천하의 르노가 아쉬운 소리를 하다니……. 나가 봅시다."

인수 협상을 마무리하라고 실리완을 보냈다.

다행히 의도한 것 이상의 좋은 조건으로 협상을 마쳤다. 따능과 실리완의 재능과 매력이 한껏 발휘된 만족스러운 결과였음에도 최종 인수 합의서의 서명을 태국으로 가져왔다.

명분은 SSL 대표인 소이치로가 직접 사인을 하는 게 좋다는 것이었는데, 그들의 속내는 달랐다.

어차피 닛산은 이제 자신들과는 무관한 기업이 될 것이기 때문에 SSL이 개발한 배터리팩을 어떻게든 받아야 했다.

선두 주자인 테슬라, 현대 등과 어깨를 나란히 하긴 어려워도 크게 뒤지지 않는 전기 자동차를 생산할 수 있다는 결론에 도달했기 때문이었다.

"축하합니다. 그리고 감사합니다!"

"끝까지 믿고 여러 모로 배려해 주신 점 감사드립니다. 그나저나 이제 아쉬워서 어쩝니까?"

"하하하! SSL 덕분에 저흰 숨통이 트였습니다. 악성 채무를 정리하고 미래 기술에 투자할 수 있는 총알을 얻었고 든든한 신뢰까지 쌓았으니 더 이상 좋을 수 없는 협상이었죠. 앞으로도 좋은 파트너십을 이어 가길 소망합니다."

"좋은 파트너라……. 그래야죠. 하하하!"

소이치로도 그냥 웃어넘겼다.

본인도 알고 있으면서 애써 모른 척하는 그를 보며 그런 사고방식이 얼마나 위험한지 톡톡히 깨닫게 해 줄 생각이었다.

하지만 역사적인 순간을 담기 위해 몰려든 기자들을 응

대해야 하기 때문에 르노 부회장과 나란히 사진을 찍었다.

드디어 SSL이 완성차 기업을 인수해 자동차 시장에 뛰어든 중요한 순간이었다.

그저 기념 촬영만 하려고 했으나 기자들은 참지 못했다.

- 쿤디 대표님. 닛산 인수를 축하드립니다. 항간에 들리는 소문에 따르면 닛산이라는 이름을 버리고 새롭게 시작한다고 하던데, 사실인가요?

"당연합니다! 사실은 닛산이라는 이름표를 떼야 할 시기는 오래전이었습니다. 무늬만 일본 기업이지, 소유와 생산이 일본과 한참 떨어져 있는데, 고집할 이유가 없습니다."

- 그렇다면 일본 본사를 정리하고 태국으로 옮겨 태국 법인으로 등록을 할 수도 있다는 말씀이십니까?

"SSL은 태국 법에 따른 태국 기업이고 새로 인수한 완성차 회사는 이 시간 부로 SSL 계열사가 되었으니 이미 일본과는 무관한 기업, 'SSL 모터스'가 되었습니다."

- SSL 모터스! 와우! 멋지네요. 일본 국적이시고 일본 국민들이 크게 실망할 텐데 괜찮으시겠습니까?

아플 수 있는 부분을 사정없이 찔렀다.

하지만 소이치로는 당황하지 않고 차분하게 말했다. 어차피 일본 판매량은 미미하며 거짓을 바로잡는 것에 불과하다고.

또한 이 시간 부로 판매되는 모든 차량에 닛산 로고는 사라질 것이며 새롭게 붙을 멋진 로고를 모두에게 보여 줬다.

기본 틀은 BMW처럼 이중 원형인데, 바깥 원의 위쪽에는 SSL, 아래에는 MOTERS라는 글씨가 검은 바탕에 금장으로 새겨져 있었다.

글씨가 많은 게 독특했으나 반짝이는 금빛이 무척 고급스러워 보였다. 하지만 한가운데 자리한 마크는 모두를 놀라게 만들기에 충분했다.

태극 문양이었기 때문이다.

- 상징이 태극인데, 한국적인 이미지 아닌가요?

"반드시 그런 것은 아닙니다. 관심이 있으시다면 조금만 공부를 해 보시길 권합니다. 태극(太極)은 만물을 생성시키는 우주의 근원으로, 궁극적 실체를 추구하고자 하는 저희 기업의 이념이 함축된 상징입니다. 끊임없이 인류를 위한 최고의 걸작을 만들고자 하는 바람을 로고에 담아 봤습니다."

- 굉장히 현학적인 의미가 있는 거군요?

"기업은 고객을 위해 존재합니다. 이익을 추구하는 것은 마땅하지만 고객을 위한 마음을 절대 잊지 않도록 늘 경계하겠습니다."

큰 박수가 쏟아졌다.

입에 발린 소리처럼 들릴 수도 있으나 SSL이 사회적 책임을 다하려고 노력해 온 것은 모두가 알고 있는 사실이었다.

지금도 한국 의료진을 초청해 산간 오지에서 봉사 활동을 하고 있는 뉴스가 심심찮게 흘러나오고 있던 터라 소이치로의 그 발언은 안 그래도 자국 자동차 기업이 생겨 한껏 고무된 태국인들에게 뿌듯한 감동을 일으킬 게 분명했다.

기자회견은 아주 훈훈한 분위기에서 마무리되었다.

이미 알려진 사실이지만 외국인인 소 대표가 원어민에 가까운 태국어를 구사할 때마다 반응은 긍정적일 수밖에 없다.

가끔 슬랭까지 섞어 가며 던지는 노련한 화법까지 갖춰 일본인이라는 거부감조차 생기지 않았으니 태국 기업이라는 인식은 더더욱 강화되는 셈이었다.

참모들도 기자들의 좋은 반응에 한껏 고무되어 긍정적인 평가들을 쏟아 냈다.

"모터바이크조차 생산하지 못했던 태국이 자동차 생산국의 대열에 합류하게 되었으니 자부심을 가질 만도 하죠."

"워워! 이제 시작인데, 김칫국부터 마시면 안 되지!"

"그렇죠. 하지만 당장 판매 호조가 나타날 것 같아요."

"연 단장. 계약 후 인도 대기 중인 고객들에게는 창사 옵션을 무료로 추가해 2주 후부터 인도해 드린다고 말씀드리라고."

"아! 창사 옵션이요?"

"내가 지난달에 미리 얘기했었는데, 설마?"

"흐흐흐! 걱정 마세요. 꼼꼼하게 준비해 뒀으니까. 그런데 새로운 라인이 나오기 전에 창고에 쌓인 재고부터 털어내려면 세일은 어쩔 수 없지 않나요?"

이름을 바꾸고 대대적인 혁신을 예고했지만 문제는 판매 부진에 따른 재고였다. 그걸로 인해 인수 대금을 대폭 줄일 수 있었지만 문제는 그걸 어떻게 터느냐는 것이었다.

아시아를 제외한 시장은 장기적인 전망이 어두워 생산량을 진즉부터 조절해 왔다. 하지만 가장 큰 생산 거점인 태국 공장은 가동할 수밖에 없었다.

타 거점에 비해 생산 단가가 낮고 동남아 시장은 그나마 점유율을 유지하고 있었지만 최근 부진은 매우 치명적이었다.

그런데 소이치로가 매우 독특한 제안을 꺼내 놨다.

"세일은 불가피하겠지. 하지만 추후 이미지를 위해서라

도 태국을 비롯한 핵심 공략 국가에는 팔지 말자고."

"그럼 어디에 팔려고요?"

"중국, 베트남, 인도네시아."

"거긴 닛산이 가장 부진했던 국가들이잖아요!"

"닛산이 고생했던 곳이고 차후에도 우리 SSL의 고전이 예상되는 곳이지."

"그걸 알면서 그 많은 재고를 어떻게 털어 내려고요?"

"파격 세일. 어차피 현금 확보가 목표니까 현금 구매에 한해 아주 파격적인 30, 40% 특별 세일 가격에 풀어놓자고."

"안 팔릴 수가 없겠네요."

"단, SSL로고를 달 수는 없지."

지목한 세 나라는 현대기아차가 선방하고 있는 곳이다. 고로 장기적인 전망이 어둡지만은 않다. 하지만 기존의 닛산 판로를 그대로 물려받은 만큼 많은 투자가 요구되는 곳이다.

특히 최근 중국 시장은 자국산 자동차에 대한 정부의 대대적인 지원이 이어지고 있어 외국 기업들은 물을 먹고 있다.

그러나 일본 자동차의 품질에 대한 인식이 나쁘지 않다. 도요타와 혼다에 밀린 탓에 판매가 부진했을 뿐, 파격 할

인을 한다면 재고를 털어 내는 데는 문제가 없을 것이다.

"문제는 새로운 라인업이지."

"폰타나의 팀에서 개량하고 있는 VQX엔진만 시기적절하게 나온다면 차세대 전기 자동차 모델이 나오기 전까지 어느 정도 선방할 수 있을 겁니다."

"싸구려 이미지부터 싹 걷어 내려면 성능이 관건이라는 거 잊지 말고 꼼꼼하게 챙겨야 해."

"네. 알고 있어요."

SSL 모터스로 전환되면서 가장 눈에 띄는 변화는 닛산이 별도로 관리하던 프리미엄 브랜드인 인피니티를 하나로 통합해 버린 것이다.

그 이유는 닛산이 가진 최대 약점을 커버하기 위해서였다. 동일한 배기량의 차량이 도요타나 혼다에 비해 낮은 가격이 책정된 이유는 너무도 명확하다.

성능이 뒤지기 때문이다. 인피니티와 같은 프리미엄 브랜드가 먹히고 있는 것을 보면 기술력이 부족한 것도 아니다.

다만 낮은 가격에 수익은 확보하려고 그에 맞는 제품을 내놓다 보니 고객의 날카로운 평가를 벗어날 수 없었고, 그게 장기간 굳어져 하위 브랜드가 된 것이다.

그래서 SSL이 내놓을 새로운 모델은 아예 인피니티 레

벨로 잡고 세팅을 시작했다.

   SSL Q70- 대형 세단, 3500CC

   SSL Q60- 중대형 세단, 2500CC

   SSL Q50- 중형 세단, 2000CC

   SSL Q40- 중소형 세단, 1500CC

   SSL Q30- 소형 세단, 1000CC

   SSL QX80- 대형 SUV, 5000CC

   SSL QX70- 준대형 SUV, 3500CC

   SSL QX60- 중형 크로스오버 SUV, 3000CC

   SSL QX50- 중소형 크로스오버 SUV, 2000CC

   SSL QX40- 소형 SUV, 1600CC

   SSL 에코- 경차, 800CC

컴팩트카 개념은 삭제했다.

고급 브랜드들도 젊은 고객층을 겨냥한 실용적인 라인업을 선보이지만 결국은 세단과 SUV라는 큰 범주에 다 포함되기 때문이다.

경차, 컴팩트카, 스포츠카, 미니밴, SUV, 픽업트럭으로 분류된 수십 종의 라인업을 세단 5종, SUV 5종, 경차 한 종으로 단순화시키고 각각의 품질을 높이는 데 집중하기로 했다.

가격도 일본이나 한국 차보다 더 비싸게 책정했다. 모기업인 SSL의 이미지도 그렇거니와 성능에서 뒤지면 아예 시장에 내놓지 않기로 결정을 내렸기 때문이었다.

* * *

SSL DIC(Defense Industry Company)를 방문했다.

진즉에 일정이 잡혀 있었으나 뜻하지 않은 일들로 인해 밀리고 밀렸다. 책임자인 폰타나도 아직은 가시적인 성과가 없다며 크게 아쉬워하지 않았는데, 막상 회의가 진행되자 소이치로는 뛰는 심장을 주체하기 어려웠다.

DIC는 미사일 전문 제조기업이다. 하지만 궁극적인 사업 방향은 항공우주 사업이며 모터스를 열면서 자동차엔진 개발도 진행하고 있었다.

몬스터 V가 다 모였어도 턱없이 부족한 인력이라고 생각해 큰 기대를 하지 않았는데, 실제 연구소를 방문한 소대표는 수십 명 연구원들의 뜨거운 열기에 적잖이 놀랐다.

"파트를 3개로 나눴습니다. 이우영 박사는 본연의 목표인 인공위성 로켓 발사체 연구에 돌입했고 공인호 박사는 미사일 개발을 진두지휘하고 있습니다. 그리고 자동차엔진 개량은 제가 맡았어요."

"좋군요. 그런데 언제 저렇게 많은 인력을 구한 겁니까?"

"돈도 안 되는 사업을 하면서 입만 늘린다고 구박하시는 건 아니죠?"

"하하하! 물론입니다. 보아 하니 신규 채용도 아니고 대부분 관련 업계 경력자들 같은데, 저렇게 많이 빼와도 괜찮습니까?"

"물론이죠. 이제 시작인 걸요!"

몬스터 V 소속으로 함께 연구한 전문가만 여덟 명이었다.

중간에 들고 난 사람까지 합하면 족히 스무 명은 될 것이라고 했는데, 그들이 여러 나라의 다양한 연구소에 퍼져 전공과 관련된 업무를 수행 중이었다.

그런데 폰타나의 제안에 상당수의 연구진이 새끼까지 달고 달려왔던 것이다. 그로 인해 파트를 나눌 수 있었던 것이고.

매우 높은 급여를 보장했기 때문에 인건비 지출은 타 계열사와는 아예 비교도 되지 않았다. 폰타나가 그런 말을 꺼낸 이유가 다 있었던 것이다.

하지만 소이치로는 눈썹 하나 까딱이지 않았다.

그 가치를 충분히 알고 있었기 때문이다. 연구자들을 홀대하는 기업치고 성공하는 경우를 본 적이 없다.

"일단 급한 것은 자동차엔진인데, 폰의 표정이 밝군요?"

"아예 새로 개발한다면 모를까, 이미 상용화되어 구조적인 안정성이 확보된 엔진의 효율성을 높이는 것은 우리에게 그렇게 어려운 문제가 아니거든요. 여러 가능성을 열어놓고 시험 중에 있으니까 보스는 걱정하지 말고 다음 단계로 넘어가도 될 거예요."

"닛산의 엔진이 의외로 좋았던 모양이군요?"

"네. BMW와 기술 협력을 한 것인지, 베낀 것인지는 몰라도 인피니티 엔진은 거의 똑같더라고요."

"아마 대다수의 엔진들이 비슷할 겁니다. 내연기관 자동차 엔진 기술이 이젠 어느 정도 한계점까지 발전했다고 봐야죠."

소위 명품차를 만든다고 연구개발에 자금을 쏟아부었으니 인피니티의 기술력은 세계 정상급과 비교해 크게 떨어지지 않았다.

문제는 그런 좋은 기술을 닛산 모델에는 적용하지 않고 몇 푼 아끼는 생산비 절감에만 집착했던 것이 문제였다.

경영이 일원화되지 않고 재정적인 압박이 끊임없이 이어졌던 것도 경영 합리화에 걸림돌이었을 것이다.

그러나 전체를 모두 아울러 재정렬을 시키자 경쟁력을 확보할 수 있는 여러 장점들이 드러났다. 게다가 엔진 효율까지 높일 수 있다면 조금 앞에 서 있는 도요타, 혼다는 물론 현대기아차와도 충분히 승부를 볼 수 있을 것 같았다.

"대표님. 방위 사업에 대한 보고는 제가 드리겠습니다."

"아! 공 박사님. 못 본 사이에 더 건강해지신 것 같은데, 운동을 꾸준히 하시나 봅니다."

"네. 한국에 있을 때는 마음이 간절해도 접근성이 좋지 않아 늘 미뤄 왔는데, 여긴 콘도를 나서면 바로 운동할 수 있는 좋은 여건이라서 시도 때도 없이 운동을 하게 되더군요. 그리고 더 중요한 것은 마음이 아주 편하다는 거죠. 하하하!"

"골프는 치십니까?"

"네. 백돌이지만 아주 좋아합니다."

"태국에 오셨으면 골프도 하셔야죠. 상대적으로 저렴하기 때문에 장점을 한껏 누리면 좋을 것 같습니다. 연구소 인근에 닭장을 하나 지어 드릴까요?"

닭장은 골프연습장을 의미한다.

공이 튀어 나가지 못하게 큰 그물망을 친 모양이 영락없이 닭장처럼 보이기 때문에 그렇게도 부른다. 말이 나온 김에 연구소 직원들을 위한 복지에 대해 잠시 의견을 나눴다.

몸을 많이 쓰는 보통의 노동자들과 달리 연구원들은 빠듯한 프로젝트 일정을 소화하다 보면 스트레스가 높은 편이다.

그에 대한 이야기를 나누다 보니 공단 내의 유휴지를 활용해 퍼블릭 골프코스를 하나 조성해도 괜찮을 것 같다는 생각이 들었다.

"공단 내에 골프장까지 있다면 금상첨화겠네요."

"일단은 땅이 있고 건설 장비도 있으니까 뚝딱뚝딱 금방 만들 수 있을 겁니다. 누구보다 일렉트로닉스 김 사장님이 좋아하실 것 같으니까 검토해 보시라고 맡기면 가장 확실할 것 같습니다. 말이 나온 김에 이번 주말에 라운드 한번 하시죠."

"대표님이 절대고수라는 얘긴 이미 들었죠. 이참에 사내 골프 동호회를 하나 만들면 좋을 것 같습니다. 하하하!"

"좋죠. 기업 내에 다양한 문화 체육 활동을 권장하는 동호회가 활성화되는 거, 저는 아주 바람직하다고 생각합니다."

잠시 딴 길로 빠졌지만 본론으로 돌아오자 왜 공 박사가 그리도 느긋하고 여유로웠는지 이해가 됐다.

그의 연구팀은 이미 미사일의 핵심 기술인 로켓 추진체와 유도장치 개발에 가시적인 성과를 내고 있었다.

로켓 공학은 최첨단 분야인 만큼 좋은 인력 확보가 가장 큰 관건이며 기술개발에 엄청난 돈이 들어가는 것이 문제다.

개발 과정에서 실제로 발사해 보는 실험을 통한 데이터 확보에도 긴 시간과 비용이 소요되기에 함부로 손대지 못한다.

그런데 그 난해하고 지난한 과정을 너무도 정확히 밟아가고 있었다. 그 이유는 이미 관련 기술을 확보한 나라에서 일정한 연구 실적을 가진 고급 인력들이 합류했기 때문이었다.

"대표님. 이제 슬슬 태국 정부와 협의할 때가 된 것 같습니다. 컴퓨터 시뮬레이션 결과가 얼마나 실제와 근접하는지 시험하지 않고는 아무 소용이 없기 때문입니다."

"벌써 우리의 시간이 돌아온 거군요. 곧 협의에 들어갈 테니 박사님은 프레젠테이션 준비를 해 주십시오."

"그건 언제든 가능합니다. 다만 문제는 특허와 관련해 몇몇 국가가 태클을 걸 수 있다는 것인데, 그에 대한 법적인 대응도 함께 준비하셔야 합니다."

"법률 지원은 어렵지 않습니다. 문제는 기존 특허권과

실제로 분별력을 가질 수 있는 독창성을 확보했느냐가 아닐까요?"

"이미 수차례 함께 논의했고 특허 침해를 피하기 위해 충분한 검토를 거쳤습니다. 그런데도 미국 같은 나라가 강짜를 부리면 곤란해지기 때문에 사전에 조율이 가능한지도 확인하면 좋을 것 같습니다."

그게 문제였다.

군수산업은 선진국의 패권이 그 어느 분야보다 강력하다.

아예 연구를 못 하게 압박을 가하기도 하고 심지어 물리적인 실력 행사를 하는 경우도 흔하다.

핵무기와 관련한 국제 협약을 보면 그 패권이라는 것이 얼마나 얄팍하고 이기적인지 알 수 있다. 한국의 경우, 핵무기를 만들 수 있는 기술과 조건이 충족되지만 만들 수가 없다.

그 어느 나라보다 핵보유가 절실한 데도 만들 수 없도록 단단한 규약으로 막아 둔 것이다. 그에 비하면 미사일 개발을 규제하는 국제적인 협약은 없는데, 문제는 특허 분쟁이었다.

그런 사정을 잘 알고 있는 공인호가 미국에 로비를 해 보라는 언질을 그런 식으로 넌지시 건넨 것이었다.

"알겠습니다. 시도는 해 보겠지만 그게 그렇게 간단한 문제가 아니니 일단은 오로지 기술력으로 극복해야 한다는 각오를 하셔야 할 겁니다."

"네. 저희도 문제가 될 만한 부분을 지속적으로 개량하거나 전혀 다른 접근도 끊임없이 해 보겠습니다."

"이제 제 차례인가요?"

"하하하! 오래 기다리셨네요. 이 박사님."

"우리 팀은 요즘 한 가지 프로젝트에 올인하고 있습니다. 다른 게 아니고 제트엔진 개발입니다."

"혹시 전투기 엔진입니까?"

"네. 금방 감을 잡으시네요. 한국이 개발 중인 KF-21이 지속적인 국산화 과정을 거치고 있는데, 될 듯 될 듯 성공하지 못하고 있는 엔진을 우리가 만들 수만 있다면 아주 아름다운 그림이 그려질 것 같다는 공감대가 형성되었기 때문입니다."

"KAI와 한국국방과학연구소의 최고 인력들이 모두 달라붙어도 그렇게 고생하는 것을 우리가 해낼 수 있겠습니까?"

그게 문제였다.

고급 인력이 되지도 않을 일에 매달려 시간만 보내는 것은 비합리적이라고 지적한 것이다. 하지만 그렇게 단도직

입적인 말을 꺼낸 것은 은근한 기대가 있었기 때문이기도
했다.

　이우영도 공인호처럼 느긋한 미소를 지어 보여서 희망
섞인 예감을 하지 않을 수 없었다. 꽤나 날카로운 지적을
받았음에도 잠시 뜸을 들인 그의 대답은 기대를 저버리지
않았다.

인생 2막,
섬나라 재벌로!

63. 뒤통수를 맞은 느낌

인생 2막,
섬나라 재벌로!

"우린 KAI 연구진이 가장 힘들어하는 지점을 집중적으로 파고들었고 마침내 그 단단한 벽을 뚫었습니다! 그것도 새로운 접근법으로 기대 이상의 결과를 확보했습니다!"

"오호! 결정적인 기술력을 확보한 겁니까?"

"그렇죠. 비록 전체 공정에 비하면 극히 일부분이지만 그것 때문에 엔진을 여태 완성하지 못했다는 것이 중요하죠!"

"그럼 이후 진행은 어떻게 되는 겁니까?"

"그건 우리 연구진이 판단할 부분은 아니고 대표님이 방향을 정해 주시면 폰타나가 맡아 움직일 겁니다."

"으음……. 그거 정말 대단하네요!"

큰 기대는 하지 않았다.

왜냐면 사업의 특성상 단기적인 성과를 내기는 어렵기 때문이고 한동안은 밑 빠진 독에 물을 붓듯이 투자만 해야 한다고 생각했었기 때문이다.

그런데 폰타나는 기본적으로 판을 아주 잘 짰다.

가시적인 성과를 낼 수 있는 좋은 인력을 영입하는 데 성공했고 곧바로 집중력을 발휘해 경제성까지 확보한 것이다.

이 모든 것이 폰타나의 탁월함이 빛을 발한 결과였다. 연구진들도 리더로서 그녀의 역할을 부정하는 사람은 없었다.

"수많은 프로젝트를 수행했고 지금도 진행 중이지만 DIC만큼 저를 놀라게 한 팀은 없었습니다. 이게 다 책임자인 폰타나의 탁월한 역량이라고 찬사를 보내지 않을 수 없군요."

"쑥스럽게 왜 이러세요! 정말 그렇게 생각한다면 립 서비스만 하지 말고 눈에 보이는 뭔가를 제시해야 하는 거 아닌가요?"

"하하하! 당연하죠. 성과급을 지급하도록 하겠습니다."

"와우! 다들 들었죠? 그런데 금액이?"

"하하하! 내규에 정해진 최고액이 될 겁니다. 그것도 여러분의 수고에 비하면 볼품없을 것이나 실질적인 수익이 발생하면 추가성과급을 기대하셔도 좋을 겁니다."

회의를 마친 소이치로는 폰타나와 잠시 독대를 했다.

왜 이런 기분 좋은 보고를 미뤘는지 슬쩍 화부터 냈는데, 그녀의 대답은 타박한 소 대표를 무색하게 만들었다.

자신은 아직 성에 차지 않는다는 것이었다.

미사일은 이미 공인호가 관련 기술에 최고 권위자이기에 너무도 당연한 수순이며 오히려 자꾸 농땡이를 부리는 것 같아 닦달을 한다는 말에 할 말을 잃었다.

또한 KF-21 엔진은 애당초 자신이 있었고 모든 개발을 다 맡겼다면 더 미끈한 놈을 뽑아냈을 것이라며 안타까워했다.

"그럼 지속적으로 걸작을 만들어 내면 되지 않습니까?"

"거의 한계에 다다른 기술이라서 파격적인 모델은 나오지 않을 거예요. 하지만 이번에 제트 엔진을 설계하면서 확인한 건데, 우리 이참에 소형 항공기 개발에 나서면 어떨까요?"

"민간 항공기를 만들자는 겁니까?"

"네. 비즈니스 전용 제트기의 수요가 날로 폭증하고 있거든요. 대표님이 타고 다니시는 걸프스트림 G280 가격이 얼마인지 아세요?"

"그건 모르지만 걸프스트림의 최신 기종의 가격이 7000만 달러(778억 원)를 호가한다는 것은 알고 있죠."

"수익성만 따지면 전용기 1대를 팔면 자동차 몇천 대를 팔아야 벌 수 있는 거금이 들어와요. 게다가 공급이 수요를 쫓아가지 못해 프리미엄까지 붙고 있다고요!"

이제 막 완성차 기업을 시작한 소이치로는 충격을 받지 않을 수 없었다. 기껏 죽어라고 차를 팔아도 수익성을 비교할 수 없었기 때문이다.

그럼에도 불구하고 항공기 사업에 엄두를 내지 못하는 이유는 기술력의 장벽이 너무 높기 때문이다. 또한 초기 설비 투자가 천문학적이라 웬만한 기업은 어림도 없는 일이다.

그런데 폰타나는 그걸 너무도 쉽게 이야기했다.

"지난번에 한국항공우주(KAI)가 걸프스트림 최신 기종의 날개 공급 계약을 맺은 거 아세요?"

"들었습니다. 무려 6억 달러 규모라고."

"바로 그거에요. 우린 보통 항공기 회사가 모든 것은 다 만들 것이라고 생각하지만 기술력을 가진 여러 회사와 상당 부분 협력하고 있고 계약 단위가 워낙 높아 오히려 주도권까지 쥐는데, 뭐가 무서워서 덤비질 못하는 거죠?"

"하하하! 무서워하는 것은 아닙니다. 무식해서죠!"

"그럼 공부할 마음은 있으신 건가요?"

"공부 안 하면 혼날 것 같아서 해야 할 것 같네요. 열심히 할 테니까 관련 자료를 주십시오."

"역시!"

그녀는 USB를 하나 건넸다.

이미 이런 상황을 예측하고 미리 관련 자료들을 준비해 뒀던 것이다. 일단 공부가 선행되어야 하지만 폰타나와 항공기 사업에 대한 여러 이야기들을 나눴다.

항공 사업은 보잉이라는 절대 강자에 도전하는 2위 사업자 에어버스도 고전할 만큼 편향되어 있다. 다만 군용기는 별개로 치고 보잉이 소형 비즈니스 항공기는 손대고 있지 않아 여러 회사가 치열하게 경쟁을 하고 있다.

그중에 가장 눈에 띄는 회사가 세스나와 걸프스트림, 봉바르디에, 엠브라에르, 혼다제트였다. 물론 제너럴 다이내믹스(GD)의 자회사인 걸프스트림과 업계 1위인 세스나가 쌍벽을 이루고 있어 혼다 같은 경우는 적자를 면치 못하고 있었다.

"혼다는 꿈을 이룬 것에 만족하고 있죠!"

"우리도 그 길을 따라가지 말란 법이 없지 않나요?"

"전 세스나와 같은 그저 그런 보급형을 만들고 싶지 않아요. 명품으로 인정받는 걸프스트림보다 더 높은 노블레스 모델을 만들 건데, 대표님은 그걸 팔 능력이 안 되는 건가요?"

"하하하! 자신감이 너무 지나친 거 아닙니까?"

"물론 너무 거만해 보이는 거 알아요. 하지만 그런 자신감과 실력이 없다면 덤빌 수 없는 시장이잖아요. 어디 한두 푼이 들어야 말이죠!"

바로 그게 중요했다.

항공기는 전자 제품을 만들듯이 찍어낼 수 없다.

생산 과정이 대부분 전문가의 손을 일일이 거쳐 수작업이나 다름없는 공정을 거치게 되는데, 물량이 어느 정도 확보되어야 그나마 자동화 공정을 구상할 수 있다.

때문에 초기 투자비용이 만만치 않으며 연구 개발과 테스트에 많은 시간과 자금이 투입될 수밖에 없다.

그래도 성공한다는 보장이 없다. 일본을 대표하는 대기업 혼다도 사운을 걸고 혼다제트를 만들어 냈고 적잖게 팔았지만 수익은커녕 적자가 눈덩이처럼 불고 있다.

돈 먹는 하마라는 의미였다.

"일단 긍정적으로 검토해 봅시다."

"그냥 검토인가요?"

"폰타나. 일단은 엔진 제조 전문 회사로 시작합시다. 제

너럴 일렉트릭, 프랫 & 휘트니와 경쟁할 수 있는 엔진을 개발한다면 나머지는 늦어도 상관이 없을 겁니다."

"아! 무식하지는 않으시네요."

"하하하! 정밀기계 부문은 형제 기업에 강점이 있고 전자 부문은 우리 일렉트로닉스가 잘하고 있으니 그 역량이 절대 가볍지 않다고 생각합니다."

"네. 무슨 말씀인지 입력되었어요."

SSL DCI의 사업 영역이 계획보다 훨씬 넓어지게 되었다.

애초에 우주항공이 전문 분야였지만 실제는 미사일을 만드는 방위산업체로 성장할 가능성이 더 높다고 봤다.

그런데 자동차 엔진까지 손을 대게 되었고 이젠 민간 항공기까지 영역을 확대하려는 움직임을 보였다.

만약 구상하고 있는 사업이 모두 구체화된다면 DCI는 자동차나 일렉트로닉스 못지않은 핵심 계열사가 될 것이다.

너무 급속하게 덩치 큰 사업을 펼치는 것이 부담스러웠지만 완성된다면 아시아에서는 흔치 않은 세계적인 영향력을 발휘할 수 있는 공룡 기업이 탄생하게 되는 것이다.

"DCI 다녀오셨다고요?"

"응. 장난이 아니던데? 완은 알고 있었다면서요?"

"네. 폰타나가 매번 저를 찾아와 조언을 구하는데, 솔직히 해 줄 말이 별로 없었어요."

"천재인가? 어떻게 그렇게 직관력이 뛰어날 수가 있지?"

"한 번 본 것은 잘 잊지 않는대요. 그러니까 남들은 그냥 무심코 넘기는 것도 다 기억하고 챙겨서 사람 마음을 얻고 필요할 때 도움을 청하는 것 같아요."

"그러니까 누가 언제 어떻게 필요한지 사전에 다 파악하고 있었다는 거잖습니까?"

"그렇죠. 한국 출신 연구원들도 마찬가지지만 나사 출신 연구원이 뭐가 아쉬워서 여기까지 왔겠어요. 제가 볼 때는 약점도 쥐고 있는 것 같아요."

"결정적인 도움을 줬을 수도 있지. 다만 내가 좀 미심쩍은 것은 그런 능력을 지니고 왜 굳이 내 밑으로 왔냐는 거야."

그 말에 실리완도 잠시 대답을 주저했다.

폰타나는 친니왓 가문의 적통은 아니지만 마음만 먹으면 얼마든지 그들의 자금을 끌어들여 사업을 할 수도 있었다.

게다가 태국 재계 서열 1, 2위인 센트럴그룹이나 CP그룹에서도 그녀를 스카우트하려고 애를 썼다는 말을 들었다.

그런데 태국으로 돌아온 지 6개월이 넘도록 아무런 경제 활동도 하지 않던 그녀가 우연한 기회에 만난 소이치로와 진행하고 있는 사업 전반은 그 하나하나가 파급력이 높은 것이다.

물론 그녀를 전적으로 믿고 소이치로처럼 꽉꽉 밀어줄 수 있을지는 여전한 의문이지만 친분의 깊이를 뛰어넘는 활약은 은근한 부담을 주고 있는 것도 사실이었다.

"보스. 폰타나가 부탁한 게 있지 않나요?"

"부탁? 아! 짜끄리와차라에 대한 조사를 부탁했었습니다."

"네. 바쁘신 거 알지만 그에 관련된 진실을 파헤쳐 주시는 것은 의외로 중요해요."

"그러네. 한 번 얘기하고는 일절 언급이 없어 까맣게 잊고 있었는데, 내가 너무 무심했네요."

"저도 알은척을 하고 싶지는 않아요. 극히 사적인 문제이고 민감한 사안이니까요. 하지만 아무도 건드릴 수 없는 그걸 보스가 해결해 줄 것이라고 믿고 있다는 점을 잊지 마세요."

그날 밤, 소이치로는 세이프티의 두 측근과 술잔을 기울였다. 언제 끝날지 모를 이야기가 쌓여 있어 저녁 식사와 함께 반주를 곁들인 자리가 계속 이어져 결국 숙소에 왔다.

첫 번째 화제는 역시 차량 전복 사고였다.

증인을 확보하는 것이 쉽지 않았다. 은밀하게 움직이는데도 불구하고 근접하면 영락없이 자취를 감췄고 한 놈은 잡히는 순간, 스스로 목숨을 끊었다.

"치명적인 맹독을 지니고 다닌다는 것부터가 범죄를 인정하는 것이라고 봅니다."

"미쓰비시와 연관되었다는 사실이 드러났는데도 자꾸 꼬리를 자른다면 관련자들이 더 있다는 증거 아닌가요?"

"그렇습니다. 지금 파악한 바로는 적어도 2개 조직이 더 연관된 것으로 보입니다. 도쿄 최대의 야쿠자 조직과 일본을 대표하는 극우 정치 결사 조직인 일본회의입니다."

"일본회의(日本会議)요?"

소이치로가 깜짝 놀란 이유는 일본회의의 속성을 너무도 잘 알고 있으며, 아유카와 가문도 그들과의 연대가 가볍지 않은데 뒤통수를 맞은 느낌을 지울 수 없었기 때문이다.

물론 그건 선대에 국한된 일이고 관련된 보수 집회나 모임에 전혀 참석하지 않았으며 후원까지 거부한 것은 사실이다.

어쩌면 놈들은 소이치로의 정체성에 의구심을 품은 것인지도 모른다는 생각이 들었다. 기회가 있을 때마다 일본을 비판했으며 특히 낡은 정치에 대해 맹렬한 비난도 서슴지 않으면서 그들과 한편이 될 수는 없었다.

그렇다고 적으로 규정하다니!

"역공을 조심해야 할 것 같습니다."

"역공이요? 그건 애당초 성립하지 않습니다. 무력을 동원할 수 있는 놈들이 하나같이 살이 뒤룩뒤룩 찌고 문신으로 온몸을 도배했지만, 놈들은 절대 위협적일 수 없으며 마음만 먹으면 언제든 일제히 소탕할 수 있습니다."

"안 사장님. 사람 목숨을 장담하는 것은 사장님답지 않습니다. 경계 태세를 한 단계 더 올리시고 이젠 구체적인 리스트를 뽑아 주십시오."

"리스트라면?"

"일단은 놈들의 수족부터 모두 잘라 내야겠습니다. 블랙, 레드, 블루. 3등급으로 구분하되, 야쿠자보다는 일본회의에 더 집중하셔야 합니다."

블랙리스트는 처단할 자들이다.

때문에 신중하게 고르고 골라야 한다. 그 사건과 직접적인 연관이 있는 지휘 계통에 포함된 모든 자들이 포함될 것이다.

그 다음 단계인 레드는 당장 처단하지는 않지만 지속적으로 관리해야 할 대상으로 많은 수를 잡을 수는 없었다.

나머지 블루는 수동적인 위치지만 언제든 위험한 짓을

벌일 수 있는 자들을 미리 파악해 두는 차원이었다. 어차피 깊이 조사하는 김에 전체 조직도를 완성하려는 의미도 포함되었다.

"윤 실장. 미얀마는 어때?"

"중앙 군부가 크게 4개의 계파로 나눠져 있습니다. 내부 권력 투쟁이 이뤄지지 않는 이유는 현재 군부의 수장인 민 아웅 장군이 네윈 가문, 우 싸우 가문과 두터운 연계를 이어 가고 있기 때문입니다."

"나머지 한 가문은?"

"테인 세인 가문은 쉽게 말해 왕따입니다. 미얀마 연방 초대 대통령에 총리까지 역임했지만 민정 이양에 긍정적인 입장을 가지고 있는 것이 타 세력에게는 반가울 리가 없죠."

"그래? 쉽지 않을 텐데, 장기적인 포석인가?"

"그것까지는 알 수 없습니다. 어차피 국민들의 호응을 받는 것은 아웅 산 가문이고 수치 고문이 버티고 있어서 그마저도 설 땅이 없을 텐데, 아무래도 북부의 지지를 받는 전통 명문가라서 자존심을 세우고 있는 것인지도 모릅니다."

"북부의 지지라……."

겉으로 보기에는 테인 가문이 손을 잡기 가장 적절했다.

하지만 차논은 그들보다는 우 싸우 가문을 추천했다. 그 배경에는 북부의 지지라는 것이 중국 자본과 연계되었을 가능성이 높기 때문이라고 말했다.

그걸 증명이라도 하듯이 군부에 기반을 둔 세력임에도 다양한 사업을 펼치고 있으며 대부분 승승장구해 자본가로 변신을 꾀하고 있었다.

CDS 그룹은 푸드 사업을 기반으로 미얀마 유통의 90%를 장악하고 있으며 금융과 부동산까지 손을 뻗고 있다.

"국영기업이 판을 치는 와중에 대단한 성과입니다."

"그래서 더더욱 중국 자본과의 연계가 의심되는 거잖아. 그렇지 않다면 군부가 가만히 있겠느냐고!"

"그렇다면 왕따가 아니라 변신이라고 봐야 하는 거군요."

"그래도 확인은 해 봐야지. 중요한 것은 결국 인물이니까 누굴 만나 봐야 하는지 미리 상세한 자료를 구축해 둬."

"네. 그런데 미얀마에는 언제쯤 가시려고요?"

"한국부터 다녀와야 할 것 같아. 우리 나오미 여사가 그냥 가만히 좀 쉬면 좋은데, 그게 잘 안 되시나 봐."

소이치로가 한국을 가는 것은 측근들도 예상치 못한 일정이었다. 나오미 여사가 한국에서 뭔가를 획책하는 것에 대한 우려가 별로 없었기 때문이다.

그게 다 아유카와 가문과 소이치로에게 도움이 될 활동이라고 판단한 것인데, 소 대표의 생각은 달랐다.

일단은 롯데와 손을 잡는 것부터 내키지 않았으며 아무리 생각이 변했어도 한국을 우습게 여기는 사고방식이 바뀌지 않았다면 큰 낭패를 볼 수도 있기 때문이었다.

아니나 다를까, 윤원호가 걱정스러운 정보를 꺼내 놨다.

"어머님의 그간 행적을 파악하려고 미래심부름센터 전산망을 뒤졌는데, 매우 흥미로운 사실이 발견되었습니다."

"철두철미한 오 이사가 관련 정보를 꼭꼭 재워 둔 모양이군!"

"네. 분 단위로 모든 일정을 기록하고 내용과 자신의 판단까지 보태 놨는데, 제가 볼 때는 보스를 의식한 기록이라는 생각이 들었습니다."

"대세를 읽는 감각이 있으니까 그럴 수도 있겠네. 하지만 모든 일에는 타이밍이라는 것이 있는데, 어느 세월에!"

롯데는 유통, 식음료, 백화점 등으로 유명한 대기업이지만 핵심 수익원은 석유화학업체인 롯데케미컬이 감당하고 있다.

여수석유화학이 뿌리이며 일본 기업들과의 합작과 기술도입으로 명맥을 이어 왔는데, 2003년 현대석유화학을 LG

그룹과 공동 인수하면서부터 화학 분야에 대한 투자를 확대해 왔다.

2016년 삼성의 화학계열사들을 거금을 들여 인수한 것이 신의 한 수였다. 화학업계가 유가 하락에 따른 스프레드 확대로 호황기에 접어들면서 사세 확장에 적극 나섰던 롯데케미컬이 최고의 수혜를 누리며 최대 영업 이익을 달성했고 국내 유화업계 부동의 1위였던 LG화학까지 제쳐 버렸다

"화학 분야가 돈이 된다고 판단하신 것 같아요."

"눈에 보이니까 혹하셨나 보네."

"하지만 롯데는 이미 한계점에 도달했습니다. 삼성은 반도체 파운드리 시장에 사활을 걸었고 현대차는 수소차 투자로 글로벌 트렌드를 이끌고 있으며 SK와 LG는 베타전지에 올인한 상황인데, 롯데를 상징하는 신사업은 대체 뭐냐는 비아냥거림이 그냥 나온 소리는 아닙니다."

"하하하! 케미컬을 미래 산업이라고 볼 수는 없지!"

"현재 재계 서열 5위지만 곧 뚝 떨어질 것이라는 관측이 지배적이죠. 현금을 워낙 좋아하는 피를 물려받은 탓에 위기라고 당장 망할 상황은 아니겠지만요."

삼성, 현대차, SK, LG. 한국 4대 대기업과 비교해 볼 때 한참 뒤쳐져 있는 게 사실이었다. 그들이 세계를 휘젓

고 다니며 큰 활약을 하고 있는 시점에 오로지 롯데만 시가총액이 떨어진 것만 봐도 그들이 얼마나 큰 위기에 처했는지 알 수 있다.

새로운 생각, 미래 비전에 대한 대비가 없었던 것이다. 그런데 하필 나오미 여사가 그들과 연계할 생각을 하고 있으니 답답한 것을 넘어 얼른 가서 교통정리가 필요했다.

마지막 화제는 이부용이 제기한 화두였다.

그런데 소 대표와는 달리 측근들은 부정적이었다. 자기 의견을 내는 것에 신중한 안 사장도 터무니없다는 반응을 보였다.

"쟁쟁한 바이오 대기업들도 예측하지 못한 분야를 후발 주자인 우리가 과도하게 투자하는 것은 무리라고 생각합니다. 또한 인간은 늘 병마와 싸워 이겨 오지 않았습니까!"

"그건 사실과 다릅니다. 인간이 이기지 못한 질병은 아직도 많습니다. 흑사병은 14세기에 창궐해 유럽 인구의 3분의 1을 죽였고 19세기에도 아시아에 번져 5200만 명이 죽었습니다. 500년 동안 인류를 공포에 떨게 했던 페스트를 현대 과학이 극복했지만 그걸 과연 승리라고 할 수 있을까요?"

"아! 흑사병에 비유할 만한 질병이 다가오는 겁니까?"

근래에도 사스, 메르스로 세계가 들끓었다.

그러나 무리 없이 극복했다고 자부하는 것이 문제였다.

사실은 원인을 규명하고 차단했지만 특별한 치료법도 없이 대중 치료가 이뤄지고 있기 때문에 극복했다는 말이 적합하지 않다.

그런데 흑사병을 언급할 정도의 파괴력을 지녔다면 얘기는 달라진다. 웬만하면 측근들의 조언을 가벼이 여기지 않는 소이치로였기에 정면으로 반박하자 분위기가 금방 무거워졌다.

"윤 실장. 과거 유럽에 흑사병이 처음 창궐할 때, 킵차크 군대가 제노바를 향해 페스트 환자의 시신을 쏘아 보냄으로써 유럽에 전파되었다는 것이 설이 있어."

"그 말씀은 누군가 생화학 무기로 사용하기 위해 바이러스를 조작하고 있다는 의미인가요?"

"배제할 수 없다는 거지. 실제 그런 비인륜적인 짓거리를 버젓이 행했던 족속들은 있잖아."

"일본은 당장 방위산업에 대한 투자도 하지 않는 자들입니다. 그런 비밀 프로젝트를 진행할 것 같지 않습니다."

"그래서 말인데, 난 북한과 중국을 주시해야 한다고 생각해."

"아!"

북한을 언급하는 것은 기꺼운 일이 아니었다. 하지만 전 세계를 적으로 돌리면서까지 핵무기를 만든 국가다.

그에 비하면 생화학 무기는 비교적 드러내지 않고 연구 개발을 할 수 있으며 이미 상당한 양을 보유한 것으로 전해진다.

문제는 북한이 통상적인 나라가 아니기에 정보를 캘 수가 없다는 점이다. 그런데 윤원호는 방법이 없지 않다고 말했다.

"북한에도 인맥이 있어?"

"아니요. 방법이 있습니다. 북한은 국가가 나서서 해커를 육성하는 세계 유일의 나라입니다. 때문에 전문적이기도 하지만 허술한 자들도 많습니다."

"아! 역추적?"

"그렇죠. 걸려든 것처럼 거꾸로 파고 들어가면 얼마든지 가능합니다. 옛날에 시험을 해 본 적이 있는데, 의외로 큰 건수를 건진 적도 있죠."

물론 쉽지 않을 것이다.

핵과 함께 국운을 건 사업으로 분류해 철저하게 관리할 가능성이 높다. 그래도 윤원호가 자신감을 드러내 한숨 덜었다.

중국에 대해서는 크게 걱정하지 않았다.

전 세계를 상대로 오만한 패권을 자랑하지만 정보관리나

보안, 애국심 측면에서는 매우 허술한 국가이기 때문이다.

과거 사스가 중국 광동성에서 처음 발생했다는 사실을 감안하면 비위생적이며 매사에 겁이 없는 중국도 필히 살펴봐야 할 국가가 분명했다.

* * *

허전했다.

사람은 늘 그렇다. 있을 때는 그 소중함을 잘 모른다.

하지만 홀로 지내는 시간이 길어지면서 두 가지 증상이 점점 더 심해지고 있었다.

첫 번째는 가끔 찾아오는 악몽이다. 사랑하는 가족을 꿈에서라도 만나면 감사할 일 같지만 그렇지가 않았다.

원혼을 달래 줘야 한다는 책임감에 진땀을 흘려 잠에서 깨면 온몸이 축축하게 젖었다.

또 하나는 쉴 새 없이 무언가에 집중해야만 한다는 것이다. 그렇지 않고 멍 때리고 있으면 여지없이 밀려오는 죄책감에 중증 우울증 환자처럼 세상만사가 귀찮아지곤 했다.

"대표님. 한숨 주무세요."

"연 대리. 혹시 수면제 있어?"

"승무원한테 가져오라고 할게요."

한국행 비행기에 올랐다.

이번에는 전용기를 타지 않았다. 아니, 탈 수가 없었다.

DCI에서 연구용으로 가져갔기 때문이다. 폰타나는 더 크고 항속거리가 긴 최신 기종을 구입하라고 권했으나 거금을 쓰는 것이 조심스러워 일단 미뤘다.

방콕-인천 노선은 시간만 잘 맞으면 좌석도 괜찮고 서비스도 좋으며 중간 기착 없이 더 빠르기 때문에 나쁘지 않았다.

그런데 이륙한 뒤에 쉬겠다던 소이치로가 자꾸 뒤척이자 수행한 연이채가 바로 조치를 취한 것이다. 수면제를 먹고 난 뒤에 수마가 밀려오자 마음이 좀 편해졌다.

하지만 비몽사몽인 상태를 느낀 것인지, 연이채가 평소에 없던 말을 슬그머니 꺼냈다.

"외로우시죠?"

"……."

"전 외로워요. 그러니까 언제든 부담 가지지 말고 기대세요."

아니라고 말하려고 했다.

하지만 말은 나오질 않았고 그녀가 앉은 쪽으로 머리를 기댄 소이치로는 어느 순간부터 코를 골기 시작했다.

사실 혼자가 된 뒤, 우려스러운 일이 벌어지지 않은 것은 실로 다행이었다. 주변에 연이채를 비롯해 실리완, 따능까지, 이미 마음을 터놓은 이성이 많아 자제하기 참 힘들 것이라고 생각했었다.

하지만 그런 상황은 한 번도 일어나지 않았다.

오늘 연이채가 처음 비슷한 이야기를 했을 뿐, 오히려 더 조심하고 배려하는 것을 느끼며 중심을 잘 잡을 수 있었다.

오히려 나오미 여사가 더 걱정이었다.

아내에 딸까지 모두 잃었으니 총각이나 다름이 없다고 생각할 것이고 언제나 원했듯 그녀가 원하는 며느리를 찾을 것 같았기 때문이다.

"저 왔습니다."

"기다리고 있었지. 어서 준비해."

"뭘요?"

"오랜만에 필드에 같이 나가려고 준비 다 해 뒀어."

"장거리 비행에 지친 지금을 절호의 기회라고 보신 거죠?"

"흐흐흐. 어떻게 알았지? 오늘은 특별한 내기를 할 거니까 정신 바짝 차려야 할걸?"

"뭔데 그러세요?"

그 대답은 클럽하우스에 도착해 알게 되었다.

나오미 여사와 함께 속초의 명문 코스인 파인리즈에 도착해 차에서 내리자 정말 깜찍하게 생긴 여성 한 명이 쪼르르 달려와 인사했다.

누가 보면 모녀지간으로 알 정도로 둘은 친했다.

그리고 불길한 예감은 여지없이 현실로 나타나게 되었다.

"인사해. 코코미. 우리 아들 알지?"

"네. 안녕하세요? 코코미 시게미쓰에요."

"코코미(心美)라면 아름다운 마음씨를 가졌다는 건가요?"

"어머! 아저씨처럼 왜 이러세요!"

"아저씨 맞습니다. 처자식을 잃은 홀아비죠."

"이치로. 그만하지. 모처럼 좋은 자리 만들었는데."

무슨 좋은 자리냐며 되묻고 싶었으나 겨우 참았다.

소소한 일로 얼굴 붉히고 싶지 않았기 때문이다. 어차피 시게미쓰라는 성을 쓰는 여인과는 인연을 맺을 마음이 1도 없었기 때문이었다.

차라리 한국 이름을 댔다면 귀여운 외모가 예뻐 보였을까?

여하튼 잠시 차를 마시며 라운드를 준비하는데, 나오미 여사가 은근한 도발을 시작했다. 부부가 한 편이 되고 코코미와 소이치로가 한 편이 되어 내기를 하자고 했다.

대가는 소원 들어주기란다.

"어머니. 그냥 원하시는 게 있으면 말씀을 하세요."

"어머! 천하의 소이치로 님이 자신이 없나 봐요. 저 이래 봬도 한때 프로 지망생이었는데, 아무 걱정하지 마세요."

"코코미. 이건 어머니랑 저의 얘기입니다. 언제나 그렇게 타인의 대화에 거리낌 없이 마구 끼어듭니까?"

"죄, 죄송해요."

그 한 마디에 풀이 죽어 얼굴이 새빨개진 그녀를 보니 미안하긴 했다. 하지만 중요한 것은 그녀도 나오미 여사의 의중을 모르는 것 같지가 않다는 점이었다.

그런데 가토 회장은 물론 나오미 여사도 빙긋이 웃기만 할뿐, 아무 말도 하질 않았다.

자신 없으면 그만두자는 말도 없었다.

무조건 내기는 해야겠다는 것인데, 고개를 숙이고 있던 코코미가 다시 용기를 내 기어 들어가는 목소리로 말했다.

"85개 아래로 칠게요."

"못 치면?"

"뭐든 원하시는 대로 할게요."

"그렇다면야!"

"코코미!"

이번에는 나오미 여사가 발끈했다.

왜 그런 억지를 받아 주느냐고 다그쳤는데, 어이가 없었다.

억지는 본인이 부리고 있지 않던가!

여하튼 코코미가 그렇게 나오는 바람에 필드를 밟았고 모처럼 싱그러운 바람을 맞으며 즐거운 시간을 보냈다.

포볼, 포섬을 섞어 가며 진행한 홀 매치였는데, 승부는 후반 시작하자마자 결정되고 말았다. 12번 홀에 들어설 때 도미가 되었으니 완벽한 압승이었다.

코코미는 거짓말을 한 게 아니었다.

어려서부터 제대로 된 교육과 훈련을 거친 그녀의 스윙은 일품이었다. 아마추어 여성들이 보일 수 없는 시원하고 정교한 샷으로 최종 성적 83타를 기록했다.

"오늘 멋진 플레이 잘 봤습니다, 코코미. 정말 잘 치네요."

"대표님도요. 저도 오늘 정말 즐거웠어요."

"아이고! 나이 먹은 것도 서러운데, 이젠 늙었다고 엄마 아빠도 사정없이 몰아치는구나!"

"허허허! 이길 수 있다고 자신하더니 내 이럴 줄 알았지."

"흥! 당신은 지금 누구 편을 드는 건데요! 나 허리 아파요. 얼른 별장으로 돌아가 마사지부터 받을 거라고요."

"클럽하우스에서 찜질은 받고 갑시다."

"당연하죠!"

젊은 남녀가 힘을 합쳐 멋지게 이긴 것에 골이 난 것일까?

가토 회장까지 장단을 맞추며 놀리는가 싶더니 이내 먼저 숙소로 가겠다고 움직였다. 소이치로도 당연히 따라갈 생각이었으나 그럴 수 없었다.

한편이 되어 라운드를 했던 코코미에게 식사라도 대접하고 오라는 말을 거부하는 것은 도리가 아니었기 때문이다.

차라리 잘되었다고 생각했다. 혹시라도 엉뚱한 생각을 했다면 분명히 못 박아 둘 필요가 있었기 때문이다.

무엇을 먹겠냐는 물음에 그녀는 먼저 움직였다. 이미 이곳 생활에 익숙한지 직접 차를 몰아 동해 바다가 훤히 보이는 해변 횟집으로 안내한 것이다.

"멋지죠?"

"네. 언제 봐도 가슴이 뻥 뚫리는 광경이죠. 그런데 주변 지리까지 아는 걸 보니 여기 온 지 꽤 된 모양입니다."

"이제 2주가량 됐어요. 그런데 솔직히 말하면 저도 오고 싶지 않았어요. 작년에 대학 졸업한 23살인 제가 아빠가 원하는 정략결혼은 정말 받아들일 수 없었거든요."

"하하하! 다행입니다."

"네? 다행이라고요? 그게 무슨 뜻이죠?"

갑자기 동그란 눈을 크게 뜬 코코미가 분노의 눈빛을 보냈다. 처음 부친에게 혼사 이야기를 들었을 때, 기겁했었다.

어쭙잖은 남자 친구랑 헤어지긴 했으나 미국 유학까지 갔던 그녀는 열심히 공부한 만큼 하고 싶은 것도 많았다.

부모님의 기대에 부응하려는 마음도 없지 않았다. 그녀의 부친 히로유키 회장은 비록 동생에게 밀려 경영 전반에서 물러났지만 그녀는 숙부에게도 총애를 받는 인재였던 것이다.

여하튼 일단 부친의 명을 거역할 수가 없어 오긴 왔는데, 알면 알수록 소이치로라는 인물은 특별하다는 느낌을 줬다.

아무리 잘나도 나이 차이가 많고 홀아비이기에 막상 만나면 사람들 입에 오르내리는 것과는 다를 것이라고 생각했다.

단지 18홀을 돌았을 뿐, 별다른 대화를 나눈 것도 아니기에 아직은 자신의 감정을 정확히 파악하기 어려웠다. 그런데 다행이라는 말을 듣자 속상해 눈물이 핑 돌았던 것이다.

정말 잘생기긴 했지만 홀아비인 그가 딱히 먼저 적극적인 호감을 표시한 것도 아닌데, 대체 왜?

인생 2막,
섬나라 재벌로!

64. 상대하지 않는 것이 상책

인생 2막,
섬나라 재벌로!

"코코미. 진정하고 제 말을 듣기 바랍니다."

"아니요. 전 그만 갈래요."

"식사가 아직 나오지도 않았는데……."

객관적인 입장을 고려하지 않을 수 없었다.

재벌가의 딸로 태어나 남부럽지 않게 컸을 것이다. 서글서글하거나 늘씬하지는 않지만 총명한 눈빛, 귀염성이 많은 성격, 그리고 오늘 겪어 보니 운동신경도 뛰어났다.

어디서 거부당해 본 적이 없었을 것이다.

그런데 한참 참고 참았던 설움이 폭발했는지 닭똥 같은 눈물까지 보였다. 아무리 당황스러워도 그러기 쉽지 않은데, 역시 어리다는 것을 느낄 수 있었다.

일단 그냥 보내서는 안 되겠다는 생각에 달래기라도 하려고 그녀의 손을 잡아끌었다.

"어?"

"미, 미안합니다."

"이러지 마세요."

"하하하! 진정하고 식사는 같이 하고 갑시다."

"털끝만큼도 관심이 없으면서 왜 잡죠? 아쉬운 것 하나 없는 남자잖아요!"

"잘나고 못나고 나이 많고 적고를 떠나 친구가 될 수는 있죠. 저 알고 보면 이래저래 도움이 많이 될 수 있는 사람입니다. 특히 롯데가의 영애라면!"

"네? 그건 또 무슨 말이죠?"

아차 싶었으나 비로소 코코미가 제자리에 돌아가 앉았다.

일단 명분을 얻은 것이다.

남녀 사이를 초월해 친구가 된다는 말에 동의했는지는 모르겠으나 자신의 가문을 들먹이며 도움이 필요할 것이라는 말에는 동의할 수 없었을지도 모르겠다.

방금 전까지 울어서 그런지 쳐다보는 눈길이 더 촉촉해 보여 마주보는 것이 부담스러웠다. 하지만 기왕 앉힌 김에,

또 제법 똑똑한 것 같아 하고 싶은 말이 생긴 것도 사실이었다.

하지만 그전에 애매한 행동 하나를 취했다.

"연 단장. 들어와."

"누군데요?"

"우리 SSL 모터스 대주주이며 총괄사장입니다. 알아둬서 나쁠 게 없을 인생 선배니까 이참에 얼굴도 익히고 같이 대화도 나누면 좋을 겁니다."

"치! 저랑 둘이 있는 게 부담스러운 거죠!"

대답 대신 씩 웃었다.

본인만 모를 뿐, 소이치로의 외모는 날이 갈수록 빛나고 있었다. 웬만한 여자는 그 미소에 마음이 쓰이지 않을 수 없을 듯 멋들어졌다.

아찔한 현기증을 느꼈지만 코코미의 시선은 이제 막 안으로 들어서고 있는 연이채에게로 향했다. 그녀 역시 어디 가면 뭇 남자들의 시선을 빼앗을 빼어난 미모였기 때문이다.

게다가 자신과는 확연하게 다른 외모였다.

169cm의 늘씬한 키에 나이가 제법 있는 것 같은데도 군살 하나 없이 잘 관리된 몸매와 깨끗한 피부, 게다가 완성차 기업의 책임자라는 말은 기가 죽게 만들기에 충분했다.

"보스. 저를 찾으셨어요?"

"응. 식사 같이 하자고요."

"전 괜찮아요. 경호원들과 같이 먹으면 되니까 보스는 그냥 편하게 대화 나누세요."

"어허! 이리와 앉아요."

"그럼 실례할 게요. 전 연이채라고 해요. 코코미."

"아, 안녕하세요? 역시 한국분이셨군요."

"네. 한국 사람이죠. 하지만 편하게 일본어를 해도 돼요."

"전 영어가 더 편해요."

편하다는 것은 이해가 되는데, 갑자기 영어를 쓰는 것은 좀 의아했다. 다분히 연이채를 의식한 것 같은데, 일본인 특유의 어색한 발음이 부끄럽게도 연이채는 네이티브에 가까웠다.

미국 유학을 가지 않아도 막힘이 없는 유창한 영어 구사에 코코미는 또 한 번 기가 팍 죽었다. 게다가 뜬금없이 꺼낸 화제가 자신의 전공인 정보통신분야였는데, 임자를 잘못 골랐다.

삼성연구소에서 관련 업무를 봤던 연이채는 아직도 아날로그 방식을 고수하는 뒤쳐진 일본 IT 기술에 대해 훤히 꿰뚫고 있었기 때문이다.

"한국에서 성공할 가능성은 거의 없다고 봐요. 차라리 한국 시스템을 잘 배워서 일본에 적용하면 대박을 칠거예요."

"히타치가 이미 그 작업을 해서 돈을 다 긁어모으고 있다는 말을 들었어요. 뒷발에 채이고 싶지는 않아요."

"뒷발이요? 그렇지 않아요. 보스가 정확한 방향을 정해줘 선방하고 있지만 일본 정보통신 사업은 무궁무진하죠. 중앙정부는 물론 1,700개 지자체의 정보화 사업부터 시작해야 해요."

"정부 사업이요?"

"네. 덩치가 커서 히타치 혼자 하기는 벅찰 거예요. 그렇지 않나요? 보스."

히타치가 사운을 걸고 달려드는 사업을 언급하는 것은 그다지 반가운 일이 아니었다. 하지만 연이채가 그런 말을 꺼낸 이유는 어차피 롯데는 가능하지 않다고 본 것 같았다.

거기에 더해 이것도 인연이라고 호의적인 이미지를 주고 싶은 것 같았는데, 갑자기 자신에게로 화살을 돌리자 소이치로는 마지못해 입을 열었다.

"IT 산업에 대한 일본 정부와 기업의 인식은 매우 위험합니다. 세상이 빠르게 변하고 있는데, 아직도 구태의연하게 팩스를 쓰고 도장을 찍는 문화가 남아 있지 않습니까!"

"그게 나쁜 건가요?"

"사무의 효율성을 급격히 떨어뜨리죠. 필요한 민원서류 하나 떼는 데 반나절이 걸리고 한시가 급한 인허가 서류가 공무원들의 책상에서 며칠씩 묶임으로써 발생하는 손실은 상상하는 것보다 훨씬 크죠."

"좋아요. 그렇다고 쳐요. 하지만 다들 불편함을 느끼지 못하고 불필요한 지출이라고 여긴다면 문제될 건 없지 않나요?"

"다들 자기 일이 아니라고 생각하는 게 문제입니다. 막상 닥치면 이마에 땀이 흐르는데, 그걸 당연하게 받아들이는 것은 인내가 아니라 미련한 거죠."

인식의 차이가 확연했다.

그래도 아직 자신들은 선진국이라고 믿고 있기 때문에 좀처럼 인식의 변화가 이뤄지지 않았다.

정치권이나 기업이 뭘 하든 언론이 쪽쪽 빨아 주고 부정적인 보도를 일절 자제하는 것도 일본의 답보를 부추기고 있다.

당장 정보통신사업에 관심이 많다는 코코미마저도 일본의 후진성에 심각함을 느끼지 못하고 반박하는 모습은 실로 안타까웠다.

그래도 면박을 주고 싶지는 않아 말을 아꼈는데, 연이채가 채찍을 들었다. 정확한 데이터와 통계를 기반으로 일본이 얼마나 어리석은 방향으로 가고 있는지 적나라하게 펼쳐 났다.

"다행이네요. 제 반쪽이 한국인 것이."

"반쪽?"

어떻게 그런 생각을 하는지 납득하기 어려웠다.

일본도 한국처럼 부계를 중시하는 사회다. 결혼한 여자가 남편의 성을 따르는 것이 당연하게 받아들여지고 있는 일본은 보기 드문 남성 위주의 보수적인 사회다.

그걸 알면서도 반쪽이라는 표현을 사용하자 연이채도 더는 입을 열지 않았다. 온갖 정이 다 떨어진 것 같은데, 정작 코코미 본인은 문제의식을 느끼지 못하고 있었다.

워낙 오랫동안 그런 의식을 가진 이들과 함께 생활해 왔다는 의미였기에 소이치로도 답답함을 느꼈다. 눈치를 챌만도 한 그녀가 오히려 분노의 불씨를 지피는 말을 꺼냈다.

"생각하면 할수록 괘씸해요. 어떻게 이럴 수가 있죠?"

"뭐가 그리도 억울합니까?"

"한국이 이렇게 잘살 수 있게 물심양면으로 도운 일본을 너무 막 대하잖아요. 언제부터 지들이 잘살았다고!"

"그 입 닥쳐!"

"네에?"

"너 정말 바보구나!"

"말씀이 너무 심하세요! 아무리 저보다 나이가 많아도 어떻게 면전에서 그런 말을 할 수가 있죠?"

"너야말로 할 말이 따로 있지! 됐고. 보스, 전 소화가 안 될 것 같아서 여기 더 앉아 있을 수 없을 것 같아요. 죄송해요."

연이채가 식사가 끝나지도 않았는데 그냥 나가 버렸다.

그녀로서는 나름 호의를 베풀었는데, 코코미는 엉뚱하게 튀어 버리고 말았다. 그로 인해 분위기가 어째 이상하게 흘렀다.

그녀는 번듯한 한국 이름을 가지고 있다. 신승연이라는. 하지만 그렇게 불리길 원하지 않을 때부터 알아봤어야 한다.

하기야 아유카와 집안사람들과 교류를 하고 있는 상황이니 더더욱 일본인처럼 행동할 수밖에 없음은 이해할 수 있다.

하지만 자신의 뿌리를 스스로 부정하는 행태는, 그것도 한국인임을 밝힌 연이채 앞에서 그러는 것은 납득할 수 없었다.

어색한 침묵이 흐르는 가운데 식사를 마친 소이치로는 자리를 마무리하려 했다. 다소나마 호의를 품었던 마음도 싸늘히 식었다.

그런데 생각지도 못한 말을 들었다.

"소이치로. 저 좀 도와주세요."

"뭘 어떻게 도와 달라는 거죠?"

"정보통신사업을 하고 싶어요. 연 사장이 말한 것처럼 한국이 아닌 일본에서 하는 게 나을 것 같아요."

"그런 생각을 하게 도와준 연 사장에게 큰 실례를 하고도 어떻게 그런 부탁을 할 수가 있는지, 어이가 없군요."

"그녀는 우리 관계에 방해가 될 것이라고 생각했어요. 나오미 여사께서 절 며느리로 삼고 싶어 하는 거 아시잖아요."

"이런! 그런 일은 일어나지 않을 겁니다. 절대!"

더는 참아 줄 수 없었다.

귀엽고 순진한 구석이 있는 줄 알았는데, 그건 위선이었다.

그래서 확실하게 못을 박고 일어섰다. 그런데 어이가 없게도 코코미는 빙긋이 웃으며 따라 나왔다. 대체 어디서 그런 자신감이 나오는지 짜증이 확 일었으나 바로 차에 올랐다.

역시 그 집안 사람들은 상대하지 않는 것이 상책이라는 것만 확인한 셈이었다. 어떤 이는 그녀의 조부인 신 회장을 정주영 회장처럼 성공 신화를 이룬 인물로 묘사하고 있다.

일부 공감할 여지는 있으나 그 삶이 존경받을 이유는 찾기 어려웠다. 일본에 기반을 뒀기 때문에 피치 못할 상황이라고 해도 도저히 납득하기 힘든 것들이 많다.

특히 두 형제가 상속권을 두고 진흙탕 싸움을 벌인 것도 모자라 늙고 병든 부친까지 이용해 세상 사람들 앞에 망신살을 뻗치게 만든 것은 인간의 도리가 아니었다.

"고생하셨어요."

"미치겠네. 어디서 저런 애를!"

"어려서 그런 것 같아요."

"어려도 사리 분별은 할 줄 알아야지. 대체 나오미 여사는 뭘 보고 저런 애를 가까이 두려 했을까?"

"이용하기 좋아서 아닐까요?"

"으음…… 그래도 그렇지."

숙소로 돌아온 소이치로는 자신을 기다리고 있던 나오미 여사의 기대에 찬 표정에 다시 한 번 실망을 했다.

설마 했는데, 추측은 사실이었던 것이다.

돈은 많다. 하지만 일본의 주류는 아니기에 이용가치는 높아도 엉뚱한 짓은 하지 못할 것이라고 본 것 같았다.

처가가 세면 곤란해질 입장도 생길 수 있지만 롯데는 그럴 수 없다는 것이 그녀의 마음을 움직인 것 같았다.

그렇다면 대응도 그에 맞게 해야만 했다.

"어떻게 밥은 잘 먹여 보냈어?"

"네. 그런데 아주 맹랑한 애더라고요."

"맹랑하다고?"

"제게 도와 달라는데, 대단한 착각을 하고 있더군요. 롯데는 이미 신동빈 회장의 손아귀에 들어간 지 오래입니다. 이제는 되돌릴 수 없습니다."

"숙부가 그 애를 얼마나 예뻐하는데?"

"그럴 리가요! 가까이 두고 아무 것도 못하게 하려는 거죠. 만약 우리가 도와줘서 일본에서 사업을 하게 된다면 바로 벽에 부딪칠 겁니다. 신동빈 회장은 가용한 모든 수단을 동원해 막을 것이고 우리를 향해서도 칼을 벼릴지 모릅니다."

"설마? 그리고 그 까짓 놈이 벼른다고 우리가 눈 하나 깜짝이겠어!"

다른 건 몰라도 덤빌 것이라는 말은 참질 못했다.

그녀의 성격이나 대처 방향을 짐작하고 있었기에 굳이 그러지 않을지라도 방향을 그렇게 틀어야만 했다.

눈 하나 깜짝이지 않을 것이라고 했지만 롯데는 결코 만만한 기업이 아니다. 한국 재계 서열 5위이며 일본 자산까지 다 합하면 히타치와 정면 승부도 가능하다는 말에 나오미 여사의 얼굴은 벌게졌다.

단지 사실을 적시했을 뿐인데, 눈에 살기까지 띠는 것을 보며 조금만 더 밀어붙이면 되겠다는 판단을 내리게 되었다.

그리고 이어진 결정적인 한 마디.

"롯데케미컬은 이제 허깨비입니다."

"수익 구조가 장난이 아니던데?"

"케미컬의 호황은 현재 끝물입니다. 한때 롯데그룹을 먹여 살린 효자였으나 지나치게 공격적인 확장을 거듭한 결과, 이제 그게 발목을 잡을 가능성이 높습니다. 특히 한국의 생산 시설은 비효율적이라서 정리 수순을 밟고 있는 중입니다."

"정리 수순을 밟고 있다고?"

"네. 어차피 내수는 미미하고 대부분 수출이기 때문에 한국보다 생산성이 높은 지역을 가려 집중적으로 키운다는 것은 이미 업계에 파다한 소식입니다."

"그럼 처분하려는 쓰레기를 나한테 떠넘기려고 했단 거야?"

"누가 받기라도 한답니까?"

"그렇지. 아직 1엔도 넘기지 않았고 사인도 하지 않았으니까 상관은 없는데……. 생각할수록 괘씸하네! 이것들이 감히 날……."

롯데와의 합작이 물 건너가는 순간이었다.

긍정적인 면이 없지는 않다. 히타치는 관련 부문 사업이 전무하기에 롯데와 협력하면 관련 기술을 쉽게 얻을 수 있다.

하지만 굳이 비싼 대가를 치를 이유가 없다. 알찬 한국 중소기업을 인수하거나 전문가를 영입하면 그만이기 때문이다.

문제는 꼭지가 돈 나오미 여사의 분노가 심상치 않다는 점이었다. 물론 딱히 방법은 없다.

이전에 함께하던 뭐라도 있다면 다 뒤집을 수 있지만 그런 상황은 아니었기에 거친 숨을 몰아쉬면서도 어찌해야 할지 난감해하더니 급기야 소이치로에게 물었다.

"놈들을 어떻게 할 거야?"

"그냥 해프닝으로 넘기시죠. 손해 본 것은 없잖아요."

"왜 없어! 이것들이 날 뭐로 보고……. 여하튼 그냥 놔둘 수는 없으니까 얼른 박살 낼 방법을 찾아내란 말이야!"

"정 그렇다면 그냥 모른 척하시고 그 사업은 미루세요. 그리고 다른 것을 제안하세요."

"뭐?"

"코코미가 정보통신사업을 하고 싶다고 하잖아요."

"그걸 왜 도와주려고?"

"잘 키워서 잡아먹으려고요. 이미 약을 쳐놔서 방법은 어렵지 않아요."

나오미 여사가 모처럼 강한 의욕을 드러냈다.

사실 롯데는 전통적으로 안전한 기업 운영을 해 와 위기에 강한 기업이다. 유통이나 식품처럼 비교적 안정적인 사업에 집중해 흥하기도 어렵지만 망하기도 어려운 구조다.

하지만 경영권 후계 싸움이 심화될 무렵부터 지배 구조를 선점하기 위해 합병과 난잡한 순환 출자를 감행해 재정이 경직되어 있다는 것이 문제였다.

또한 가족 간의 신뢰가 무너져 문제가 생기면 해결에 앞서 자신의 이권을 먼저 좇을 가능성이 높아 전혀 엉뚱한 결과가 나올 수도 있다.

"작은 파열이 거대한 댐을 무너뜨릴 수도 있습니다."

"이간계로구나!"

"은혜는 잊지 말되, 원수는 반드시 열 배 백 배로!"

"그렇지! 흐흐흐……."

나오미 여사의 입가에 비로소 미소가 번졌다.

하이에나와 같은 비열한 색깔이 묻어나는 것이 흥미로울 뿐, 그녀에게 찍힌 상대가 어떻게 될지 지켜보는 것도 흥미로울 것 같았다.

어려울 것이라고 생각지는 않았으나 너무도 쉽게 해결이

되자 소이치로는 한국에 온 김에 하고 싶은 일이 생각났다.

자신에게 헌신적이었던 여동생 가족들을 만나는 것이었다. 이전에는 늘 소극적이었으나 그럴 필요가 없다고 판단했다.

그래서 주저하지 않고 여동생들에게 전화를 걸었고 다음 날 만나기로 약속까지 잡았다.

"어딜 간다고?"

"꼭 만나야 할 사람이 있습니다."

"부킹해 놨는데!"

"부럽습니다. 저도 필드에 나가고 싶지만 그럴 여유가 없어요."

"그래. 일해야지. 젊을 때!"

나오미 여사는 굉장히 아쉬워했다.

하지만 이해했다. 아들의 두 어깨에 짊어진 짐의 무게를 알기에 하루도, 한 시간도 소중하게 써야 한다는 것을.

다시 돌아오지 않을 것이기에 오기태 이사까지 불러 롯데와의 관계를 어떻게 형성해 나가는 게 좋을지 논의했다.

철석같이 믿게 만든 것은 현 상황에서는 매우 유리했다. 한국 롯데 계열사인 정보통신사업부를 싹 들어내 일본으로 가져가게 만들고 히타치와 협력하는 그림을 그리기로 했다.

"케미컬은 어쩌지?"

"한국 내 협력은 미루시고 가능하다면 LC타이탄을 협상 대상으로 올리세요. 최근 재정 압박이 심해 응할지도 모릅니다."

"거긴 어딘데?"

"말레이시아 국영석유 화학회사인 타이탄케미컬을 인수한 현지법인입니다. 상장을 통해 이미 챙길 건 다 챙겼기 때문에 웬만하면 입질에 응할 것 같습니다."

"그렇다면 가이드라인을 줘."

"네. 시세를 파악하는 대로 보내 드리겠습니다."

떠나기 전에 오 이사가 다가와 꾸뻑 인사를 했다.

나오미 여사와 소이치로를 한꺼번에 만난 것은 이번이 처음이었다. 그리고 후계 구도가 굳어진 것을 확실하게 깨달았다.

꼭 그래서는 아니겠지만 그동안 차곡차곡 모아 놓은 자료를 USB에 담아 건넸다. 그 안에는 소 대표가 특별히 관심을 가지고 있는 사적인 내용도 담겨 있기 때문에 감사를 표했다.

현재 최남식의 측근으로 역할을 다하고 있는 그의 아들에 대한 칭찬 몇 마디에 그는 감동을 주체하지 못했다.

* * *

"아저씨!"

"오정훈. 그동안 키가 훌쩍 컸는데?"

"아저씨도 더 멋져지셨어요. 근데 오늘 우리랑 같이 정선에 가시는 거 맞죠?"

"그래. 할아버지 산소에 인사도 드리고 이모도 봐야지."

"근데 저 차가 아저씨 건가요?"

"빌린 거야. 아저씨는 태국에 살거든."

"얼른 타고 싶어요. 빨리 가요."

바로 밑 여동생인 미경 내외와 조카 정훈을 데리고 고향으로 편히 가기 위해 고급 세단을 렌트했다. 그런데 그 차를 보더니 조카 녀석이 조르르 달려갔다.

궁굽하진 않지만 넉넉한 살림도 아니었기에 택배를 하는 아버지의 트럭만 타던 녀석의 그런 행동이 영 마음에 걸렸다.

아무리 성공해도 가족 하나 챙기지 못하는 자신의 신세가 답답하고 한탄스러웠던 것이다. 그래서 미경을 따로 불러 대기 중인 다른 차에 함께 탔다.

그리고 이제껏 참았던 이야기를 터트렸다.

"옛날에는 시골집 앞에 지금처럼 차가 다닐 수 있는 다리가 없었죠. 경운기도 겨우 다니는 나무다리가 있었는데, 비나 눈이 오면 엄청 미끄러웠습니다."

"그걸 어떻게 아세요?"

"초등학교 3학년 때인가, 비가 엄청 오던 날이었습니다. 오빠가 학교 끝나고 집에 오는 걸 기다린다고 7살 꼬맹이가 우산을 들고 길가에 나와 있었죠."

"……."

"여동생의 착한 마음을 헤아리지 못한 그 멍청한 오빠는 이미 쫄딱 젖었다고 신경질을 내면서 우산을 받쳐 준 여동생을 떠밀었죠. 그 바람에 나무다리에서 미끄러진 여동생은 순식간에 다리 밑으로 떨어졌고 불어난 물 때문에 떠내려가는 여동생을 보면서 벌벌 떨기만 했습니다."

"오빠?"

운이 좋았다.

물에 빠진 미경은 정신을 잃었지만 하늘이 도왔는지 쓰러진 큰 나뭇가지에 걸려 있는 걸 부모님이 발견해 건져냈다.

하지만 그날 그 장면은 아무도 모른다.

부모님은 왜 빠졌는지 묻지도 않았다. 혹시라도 금쪽같은 아들의 실수가 드러날까 두려웠던 모양이다.

두 오누이도 그날 이후 한 번도 그 이야기를 나눈 적이 없었다. 무서웠던 오빠는 곧 잊어버렸고 여동생은 행여 오빠가 혼이라도 날까 봐 입을 꼭 다물었던 것이다.

그런데 오로지 둘만 아는 그 얘기를 듣자 안 그래도 의아했던 여러 의문이 와르르 풀렸다. 오빠라는 부름에 소이치로가 고개를 끄덕였기 때문이다.

"나야. 미경아."

"어떻게⋯⋯."

"말하자면 너무 길지. 하지만 널 밀쳤던 것도 나고 공부도 제법 잘한 네가 대학도 포기하고 미용실 시다로 들어간 것도 나 때문이잖아."

"정말 오빠 맞아요?"

"그래. 너 중학교 때 내 친구 영석이 새끼가 좋다고 학 천 마리 접으려다가 엄마한테 흠씬 두드려 맞았잖아!"

"그거 오빠가 고자질한 거잖아!"

"그 띨빵한 새끼를 좋아한다니까 열불이 나서 그랬지. 그 새끼가 얼마나 더러운 놈인데!"

이제 확실해졌다.

설움이 폭발한 미경이 펑펑 우는 바람에 다독이느라 힘들었다. 그러나 답답했던 비밀을 털어 내고 나자 십 년 묵은 체증이 내려앉은 것처럼 날아갈 듯 기분이 좋았다.

미경은 헷갈리는 이 상황을 생각보다 훨씬 쉽게 받아들

였다. 아무래도 소이치로의 외모가 자신의 오빠와 판에 박은 듯 똑같았기 때문인 것 같았다.

자신보다 열 살 이상 어려 보이지만 익히 봐 왔던 얼굴과 짓궂은 말투였기에 적응되자마자 그녀의 태도는 변했다.

"그러니까 오빠가 지금 엄청난 부자라는 거지?"

"응. 뭐든 해 줄 수 있어."

"그럼 당장 차 돌려."

"어디로?"

"아까 정훈이 못 봤어? 오빠 조카가 좋은 차를 보더니 환장하잖아. 나 비싼 차 사줘."

"차 사 달라고? 하하하. 그래. 그게 뭐 대수겠어."

없이 살아도 본 것이 없는 것은 아닌지 미경은 벤츠 매장으로 가자고 했다. 생각 같아서는 뭐든 사 주고 싶었지만 일단 진정하고 고향부터 다녀오자고 말했다.

하지만 미경의 고집은 옛날 같지 않았다. SSL 신형 모델이 나오면 제일 좋고 튼튼한 차를 주고 싶었지만 그녀는 들은 척도 하지 않고 기사에게 벤츠 매장을 안내했다.

하는 수없이 그러라고 했고 그 차를 비롯해 매제가 탄 차와 경호 차량까지 3대가 나란히 벤츠 송파매장으로 들어섰다.

"여보. 여긴 왜?"

"나중에 말해 줄게. 아니지, 여하튼 당신은 오늘부터 날 공주 모시듯 해야 할 거야."

"무슨 소리야?"

"소이치로 대표님이 사 주신다고 했어. 날마다 오는 기회가 아니니까 나중에 후회하지 말고 마음에 드는 차를 골라. 나도 한 대 고를 거야!"

"미, 미쳤구나. 너."

평소 소이치로는 이런 소비를 허용할 사람이 아니다.

그건 미경도 마찬가지다. 하루 종일 다리가 퉁퉁 붓도록 미용실 일을 해서 생계를 이어 가는 그녀가 아니던가!

하지만 소 대표도 오늘 만큼은 뭐든 허용하고 싶었다.

그런데 결국 고른 것은 가장 배기량이 작은 차 한 대였다. 확 지르고 싶었지만 돈의 무게가 느껴진 것 같았다.

그나마 정훈이 간절히 원해서 고른 게 미니쿠퍼였다. 연이채가 즉시 결재를 대행했고 이틀 후 미용실로 가져다주기로 했다.

"내가 너무 흥분했나 봐요."

"옛날처럼 해. 난 그게 그리워. 그리고 오빠가 자동차 회사를 인수했으니까 신형 모델이 나오면 가장 크고 튼튼한 차로 보내 줄게."

"자동차도 만든다고요?"

"그래. 일단은 매제 직장부터 정규직으로 잡아 줄 테니까 너도 미용실 접고 싶으면 그렇게 해."

"아니야. 미용실은 그냥 해야지. 놀면 뭐해."

"미용실이 있는 상가하고 단지 근처에 넓은 아파트도 사줄게. 마음에 드는 게 있으면 아까 그 연 사장한테 말해."

"오빠……."

"진즉에 했어야 하는데, 내가 지지리도 못나서 이제야 겨우 해 주는 거니까 고마워할 필요도 없어."

"미희는?"

"오늘 만나면 얘기해야지. 그리고 막내도 이제 넉넉하게 살 수 있게 해 줄 거니까 걱정하지 마."

"아빠 엄마 모신 선산부터 사자. 큰집이 요즘 어려워져서 그 산을 내놓는다는 소리가 있더라고."

"이미 샀어. 명의는 현우 앞으로 해 놨으니까 그리 알아."

"아!"

빙의해 다시 살아난 보람을 느낀 하루였다.

잃었던 가족을 찾았다.

현우와 소정에게도 사실을 밝히고 이처럼 정을 느낄 수 있다면 얼마나 좋을까 하는 생각에 마음이 착잡해지기도 했다.

언젠가는 그리되겠지만 부정한 짓을 저질러 아이들에게 상처를 주고 아직도 온전한 가족의 회복을 방해하고 있는 그 여자가 원망스러울 뿐이었다.

미희는 모든 사실을 밝혔는데도 잘 믿질 않았다.

때문에 뭘 원하느냐는 말에도 대답을 하지 않았다. 하지만 미경이 상가와 아파트를 얻는다는 말을 하자 돌변했다.

어려서부터 언니한테 조금이라도 지고 싶지 않던 꼬마의 근성이 튀어나온 뒤에 나온 미희의 요구는 기가 막혔다.

"나 과수원 하고 싶어."

"과수원? 그게 얼마나 힘든 일인지 몰라?"

"힘들어도 괜찮아. 난 어릴 때 큰집 과수원이 얼마나 부러웠는지 몰라! 벌레 먹은 과일 몇 개 나눠주면서 생색은 얼마나 냈는지, 난 그거 생각하면 아직도 이가 박박 갈려. 그러니까 다른 건 필요도 없고 나 큰집에서 하던 과수원 사 줘."

"그래. 큰집들은 다 도시로 나가고 과수원도 남에게 맡겨 엉망이라고 들었으니까 사는 거 어렵지 않을 거야. 집터까지 다 사 줄게."

"오빠!"

큰아버지는 동네 유지였다.

그에 비해 이들 남매의 아버지는 물려받은 것도 없이 큰집 땅에 농사를 부쳐 먹었다. 성실하게 일했지만 그래서는 세 아이를 키울 수 없다는 판단에 서울로 올라가 시장에서 야채 자판부터 시작했던 것이다.

그러니 어린 마음에 사무쳤던 미희의 가난은 상우가 느끼던 것보다 훨씬 더 깊은 화인을 남긴 것 같았다.

그래서 녀석 내외가 농사를 지을 수 있든 말든 큰집이 소유했던 시골 농지와 임야를 모두 사들이기로 마음먹었다.

하나하나 곶감 빼먹듯이 팔아먹어 이제 남은 것이 별로 없지만 개발 계획이 없는 시골인지라 이미 팔아먹은 것도 다 사들이는 것이 어렵지 않을 것 같았다.

* * *

"이렇게 편안한 표정, 정말 오랜만에 뵈어요."

"그래? 나 오늘 정말 기분이 좋아. 전생에서도 하지 못했던 오빠 노릇을 하다니……. 그저 감사할 따름이지."

"저도 흐뭇했어요. 여동생들이 하나같이 좋은 분 같아요. 뭐든 다 해 주겠다는 데, 먼저 요구하지 않잖아요."

"하하하! 그건 두고 봐야지. 둘 다 욕심은 많아. 다만 엄두가 나지 않은 것일 수도 있어."

"그런 것 같지 않았어요.:

"여하튼 다 해 줄 거야. 뭐든!"

정말로 뭐든 다 해 줄지는 두고 볼 문제다.

과한 욕심, 분수에 맞지 않는 꼴을 두고 볼 성격이 아닌 것은 연이채도 익히 알고 있던 바, 그저 그 마음만 볼 뿐이었다.

그날 밤 비행기로 소이치로는 일본으로 향했다.

본래 일정은 미얀마로 넘어가는 것이었지만 예정보다 하루의 여유가 생겨 모모에 스미토모를 만나러 가는 것이었다.

일본에 오고도 자신을 만나지 않았다고 난리를 칠까 봐 료코에게는 알리지도 않았다. 자정이 가까운 시간에 예약한 호텔에 도착해 쉬려는데, 모모에가 그 시간에 찾아왔다.

"모모에. 이 늦은 시간에 어쩐 일로?"

"할 말이 많아서요. 부담스러우면 내일 아침에 만날까요?"

"아닙니다. 들어오세요."

"얘기가 길어질 것 같아 이거 가져왔어요."

모모에가 고급 와인을 들고 왔다.

안 그래도 대단한 술꾼이라는 것은 알고 있었기에 놀라

지는 않았으나 그녀가 가져온 와인의 맛과 향은 최고였다.

와인으로 입을 축이며 시작한 그녀의 이야기는 흥미진진했다. 스미토모 가문이 미쓰이와의 본격적인 결별을 진행하고 있는데, 그 와중에 드러난 문제점이 한두 개가 아니었다.

방만한 경영에 그치지 않고 온갖 비리와 횡령에 얼룩져 두 가문의 수장들도 고개를 절레절레 저을 지경이었다고 한다.

"부정부패가 너무 만연해 구조조정도 필요 없다고 해요."

"이제라도 정신을 차리고 체질 개선을 위해 최선의 노력할 다할 필요가 있습니다."

"남 걱정, 특히 일본 재벌에 대한 인식이 매우 안 좋다고 들었어요. 그래도 걱정해 주는 건가요?"

"내가 걱정하는 사람은 그런 상황을 알면서도 밀어붙였던 재벌 일가가 아니라 거기에 딸린 수많은 직원들입니다. 직장을 잃으면 가정이 무너지고 삶의 의미도 같이 사라지거든요."

"그렇군요. 그렇다면 대표님은 일본 기업들이 가야 할 길이 어디라고 생각하세요?"

"영원할 것 같았던 일본의 영화가 끝났음을 인정하는 것이 첫걸음이라고 생각합니다. 특히 세상의 모든 기운이 모이고 있는 한국과의 관계 개선과 협력이 절실합니다."

"역시 한국인가요?"

일본인들은 한국에 대한 피해 의식에 젖어 있다.

역사를 바로 알고 가르쳤다면 애당초 지금과 같은 대립과 반목은 없었을 것이다. 일본인과 비슷한 국민성을 지닌 똑똑한 한민족이기에 과거를 청산하고 함께 걷고자 했어야 한다.

매년 한국과의 교역을 통해 수많은 돈을 벌어 가면서도 알량한 권위주의에 젖어 뿌리부터 부정하는 사회 지도층의 편협한 인식이 이웃이면서도 원수처럼 굳어지게 만들었다.

하다못해 축구 시합마저도 일본에게만은 절대 질 수 없는 한국 입장을 있는 그대로 이해하려는 노력조차 하지 않았다.

오히려 반한 감정을 부추겨 정치적 이점을 노린 극우 세력은 이제 국가를 운영할 수 있는 능력의 한계마저 보이고 있다.

그런데 일본을 떠나 태국에 새로운 터전을 마련한 소이치로가 매번 일본을 부정하고 한국인처럼 발언하는 그 이유를 밝히려고 이날 작정하고 왔던 것이다.

인생 2막,
섬나라 재벌로!

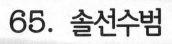

65. 솔선수범

인생 2막,
섬나라 재벌로!

"한국도 일본을 미워하기는 마찬가지 아닌가요?"

"하하하! 실컷 때린 놈이 이유도 없이 미워하는데 그걸 용서할 바보가 어디 있습니까! 진실에 기반한 진정한 반성과 왜곡을 바로잡는 노력부터 선행되어야 합니다."

"그건 가능한 일이 아니잖아요. 배부르고 등 따신 자들이 뭐가 아쉬워서 그러겠어요."

"사회 지도층으로써 최소한의 양심과 책임감은 가져야지! 그마저 없다면 일본의 미래는 없습니다!"

"어떻게 그리 쉽게 단언하죠?"

모모에는 정면으로 반박했다.

일본 기업의 상황은 그녀도 어느 정도 파악하고 있다. 또한 한국의 기술력과 저력도 이미 인정하는 그녀가 이런 태도를 보이는 것은 의외였다.

살짝 당황스러웠지만 집중력을 발휘해 그녀의 속내를 파악한 소이치로는 설득이 필요하다는 생각을 하게 되었다.

만약 그녀가 진행하고 있는 프로젝트가 성공한다면 선도적인 역할을 감당할 최적의 기업이 될 수도 있기 때문이다.

"일본의 국가 형성에 한국이 어떤 역할을 한 줄 압니까?"

"국가 형성이요? 야오이 문화부터 거슬러 올라가면……."

"중앙집권적인 국가 말입니다. 수십 개의 소국이 흩어져 있던 4세기에 임나일본부를 설치해 한반도 남부를 지배했다는 터무니없는 학설은 이미 일본 사학계에서 퇴출되었음에도 버젓이 교과서에 싣고 있는 나라가 일본입니다."

"그건 민족정신을 고취하기 위해서일 뿐이에요."

"민족정신을 고취하고자 어린아이들에게 거짓을 가르친다는 말입니까? 일본의 그런 태도가 문제라는 겁니다! 진실과 거짓을 구분하지 않고 뭐든지 이익에 부합하는 대로 해석하는 것!"

그게 실체였다.

믿고 있는 진실이 사실이 아니라는 것. 그런 거짓에 뿌리를 두고 어떻게 올바른 정치, 사회, 문화 형성이 가능한가 말이다.

식민지배가 합법이었다고 우기고 수탈을 위해 철도를 깔아 주고는 그게 한국의 경제 성장의 기반이 되었다고 떠든다.

고작 3억 달러의 청구권 협정과 2억 달러 차관으로 식민지배에 대한 피해 배상이 모두 해결되었다고 우기는 것도 개가 웃을 일이다.

식민지배에 대한 어떠한 사과도 하지 않은 한일 협정을 굴욕이라고 규정한 대규모 시위가 일어났고 군부가 계엄령을 선포하고 군대를 동원해 진압하지 않았던가!

"일본인의 유연한 사고방식은 굉장한 장점이죠. 좋은 것은 받아들여 더욱 발전시키고 나쁜 것은 과감히 배제해 근대화를 이룬 덕분에 아시아 최고의 국가가 될 수 있었잖아요."

"최고의 국가? 뭐가 최고라는 겁니까? 총칼을 앞세워 타국을 점령하고 식민지화시킨 것이 정말 일본이 자랑할 일이라고 생각합니까?"

"그, 그게……."

모모에의 말문이 거기서 턱 막혔다.

능력이 좋아 돈을 많이 벌고 제 돈으로 윤택한 삶을 누리는 것을 누가 뭐래는가!

하지만 돈과 권력을 앞세워 남을 핍박하는 것은 현행법에서도 범죄로 규정하고 있다. 그것이 국가 간의 분쟁으로 커지면 인권은 유린되며 사회의 전통은 무너지게 된다.

일본의 침략 행위는 반성하고 부끄러워해야 할 역사이건만 그걸 어떻게 자랑스럽게 떠들 수가 있는지 도무지 납득할 수 없었던 것이다.

"특권의식, 선민의식은 그게 설사 긍정적인 효과를 발휘해도 지탄의 대상이 됩니다. 그런데 뭐가 그리도 잘났다고 이웃을 우습게 여기고 반성하지 않는지, 창피한 노릇 아닌가요?"

"좋아요. 인정할게요. 일본의 부끄러운 역사."

"인정하면 끝인가요?"

"그럼 어떻게 해야 하죠?"

"진심을 다해 사과해야 합니다. 다친 사람의 마음이 풀릴 때까지. 이미 상처가 깊어 어렵기 때문에 일본은 재기하기 힘들다는 게 제 생각입니다."

지나치다는 생각을 할 수도 있다.

하지만 현실은 냉정했다.

일본이 자랑하던 여러 부문이 한국에 의해 하나씩 무너

지기 시작하더니, 이젠 세계인의 인식마저 바뀌고 있다.

일본 제품 코너가 한국 제품 진열대로 바뀌고 있는 것처럼 아시아를 대표하는 국가가 한국이 되어 가고 있었다.

어설픈 경제 보복을 하려다 오히려 한국의 소부장 사업이 제 궤도에 오르는 계기가 되었고, 편하게 일본에서 팔던 제품을 이제 한국에 공장을 지어 사 달라고 구걸하는 실정이다.

"전자, 조선, 철강, 하다못해 이젠 소재부품장비까지 한국에게 밀리고 있다는 거 알아요. 하지만 아직 일본 기업들은 저력이 남아 있어요."

"저력? 그렇죠. 저력은 있습니다. 하지만 블룸버그에서 매년 내놓는 혁신지수라는 게 있습니다. 한 국가의 경제가 성장할 수 있는 미래 동력의 가치를 수치화한 겁니다."

"알아요. 지난 10년 동안 한국이 9번이나 1위를 차지하면서 부동의 선두라는 거."

"일본은 어떻죠?"

"12, 13위에서 더 추락해 올해는 15위죠."

"한국, 싱가포르, 독일이 최상위권이고 스위스, 스웨덴, 덴마크 같은 서유럽 선진국들이 상위권에 포진되어 있습니다. 순위가 상승은커녕 더 떨어진다는 것은 이미 국가 경쟁력이 회복 불가능할 만큼 손상을 입었다는 겁니다. 저력을 운운할 때가 아니라는 겁니다!"

심장이 서늘할 만큼 차가운 분석이었다.

그러나 반박할 수 없었다.

모모에가 판단하기에도 일본의 상황은 심각하다. 불황이 길어져도 회복만 할 수 있다면 문제랄 게 없다. 하지만 기축통화랍시고 마구 찍어낸 엔화가 받쳐 줌에도 일본 경제의 역동성은 바닥에 가라앉다 못해 굳어지고 있다.

불황을 이길 의지조차 꺾였다는 것이 문제였다.

그래도 일말의 희망 섞인 바람을 언급했으나 소이치로의 몇 마디 분석에 산산조각 부서지고 말았다.

"소니, 닌텐도 같은 게임 산업이 그나마 남아 있고 파나소닉이 2차 전지 부문에서 선전하지만 LG를 필두로 한 한국에게 역전을 허용할 것이라는 것은 더 이상 비밀도 아니죠."

"자동차! 자동차가 있잖아요. 그래서 대표님도 닛산을 인수한 거잖아요."

"하하하! 전기자동차로 넘어가고 있는 거 모릅니까? 지난해 전기자동차 판매 순위 톱 10에 일본 기업은 없었습니다."

"일본은 대체 뭘 한 거죠?"

"30년입니다. 무려 30년 동안 저성장과 불황에 시달렸죠. 그런데도 아직 망하지 않은 것은 일본이 얼마나 높은 우위에 있었는지를 대변해 주는 겁니다. 미국이라도 이렇게 버티지는 못했을 겁니다."

칭찬인가?

하지만 확신할 수 없었다.

미국이라는 단어가 튀어나오는 순간, 모모에의 뇌리를 스치는 여러 장면들이 한숨을 불러왔기 때문이다.

오랫동안 일본은 미국의 경제 파트너였다. 전쟁을 벌였고 핵무기를 투하한 원수지간임에도 오로지 경제 협력 때문에 모든 과거를 덮고 함께 순탄 대로를 걸어왔다.

그런데 그 영광의 시간이 끝나 가고 있었다. 미국은 일본이 아닌 한국을 주요 경제 파트너로 삼고 새로운 지평을 연다는 정황이 곳곳에서 보이고 있었기 때문이다.

반도체, 배터리 부문의 협력이 본격화되면서 한국 기업들이 미국의 요청에 부응해 대규모 생산 기지를 미국 땅에 건설하며 파트너로서 대접을 융숭하게 받기에 이르렀다.

"결국 정치가 문제로군요!"

"어느 국가든 위기에 빠질 수 있습니다. 한국도 IMF 구제 금융을 경험하며 이 세상이 얼마나 혹독한지 절절히 깨달았죠. 혹자는 아까운 자산을 잃었다고 아쉬워하지만 결국 세계적인 경쟁력의 필요성을 깨달은 계기가 되었습니다."

"삼성, 현대, LG, SK 같은 선도 기업들이 여러 분야에서 큰 결실을 만들어 낸 걸 보면 위기를 기회로 환원시킨 한국 정부와 기업들의 대처는 매우 현명했다고 생각해요."

"한국의 금융 위기를 부채질한 결정적인 악역을 했던 나라가 일본입니다. 일시에 자금을 모두 회수하면 그렇게 된다는 걸 버젓이 알면서도 지옥의 구렁텅이로 밀어 넣었죠!"

할 말이 있을 수 있을 수 없었다.

친일파를 안고 업고 한국에 철통 빨대를 꽂아 고혈을 쪽쪽 빨아먹으면서도 추격은 허용하고 싶지 않아 그런 개 같은 짓을 했던 놈들이 일본이다.

일본을 위시해 여러 선진국들이 쳐들어와 돈 잔치를 했던 것은 부정할 수 없는 사실이고 한국의 소중한 자산들이 헐값에 팔려 나가는, 사지가 찢기는 고통을 맛봐야 했다.

그런데 무서울 정도로 빠르게 구제 금융을 갚아 버린 한국은 언제 그랬냐는 듯 일어나 이젠 일본을 앞지르는 위용을 보이고 있으니, 현실을 부정하고 싶은 마음은 이해가 된다.

"약육강식의 세계잖아요. 언젠가는 이렇게 쫓아와 숨통을 조를 줄 알았던 것인지도 모르죠!"

"절대 그렇지 않을 겁니다. 감히 어떻게 우리를 넘어서?

그렇게 무시했기 때문에 지금 이 모양 이 꼴이 된 겁니다. 지금이라도 최악의 상황을 효율적으로 통제할 수 있는 적절한 국가 지도자부터 뽑아야 합니다."

"그건 더 힘들지 않을까요?"

"……그렇군요!"

국가경제에 영향을 미칠 수 있는 주요 산업이 흔들리고 거대 기업이 위기에 처했을 때, 정부는 적절한 방향을 제시하고 지원을 아끼지 말아야 한다.

그 방향이 옳다는 믿음을 준다면 온 국민이 하나로 똘똘 뭉쳐 함께 헤쳐 나아갈 수 있는 것이다. 극난 극복이 특기였던 한민족은 수차례 위기를 기회로 전환시키는 놀라운 단결력과 집중력으로 오늘날의 한국을 만들어 냈다.

일본 또한 그럴 수 있다고 믿었는데, 기업이나 국민들보다 더 심각하게 오염된 것이 바로 집권 자민당이다. 한 번도 정권교체가 이뤄지지 않고 고여서 썩어 버린 일본 정계는 신선한 물이 나올 샘이나 우물조차 말라 버린 지 오래다.

건전한 야당이라도 꾸준히 성장했어야 하는데, 의원내각제의 특성상 서로 연대하고 끼리끼리 다 해먹은 그 밥에 그 나물이었던 것이다.

"일본은 이대로 고사(枯死)할 수밖에 없다는 건가요?"

"그럴 리가요! 길은 있을 겁니다. 찾기 어려워서 그렇지."

"찾았으면 말해 주세요."

"합리적이며 건전한 계몽운동이 필요하다고 생각합니다. 이대로는 안 된다는 자각을 통한 시민 의식이 깨어나야 하고 그 씨를 뿌릴 수 있는 용기 있는 사람들이 나서야 합니다."

"너무 추상적인 말씀이세요."

"그렇게 느껴집니까? 사실은 그렇지가 않아요. 당장 모모에나 저 같은 실력과 겸손함으로 무장한 명문가의 자제들이 앞장서서 외치면 됩니다."

"최소한 무시 받지는 않겠네요."

"말에 힘이 실리고 바람을 타려면 결과가 있어야 합니다. 내 생각에 지금 추진하는 사업이 궤도에 오르면 확실한 파급력을 발휘할 수 있을 겁니다."

긴 말 필요 없이 솔선수범하라는 말이었다.

금융은 경제의 핏줄과 같다. 일본이 오랜 침체와 불황에도 이렇게 오래 버틸 수 있었던 근거는 축적된 자본의 힘이다.

한때 넘쳐 나던 자금을 전 세계 개발도상국에 쏟아부은 결과 매년 손 하나 까딱하지 않고 거금을 긁어모으고 있다.

한국에도 일본 자본이 깊숙이 침투해 있었고 고도성장과 더불어 상당한 수익을 얻은 것도 사실이다. 그렇게 앉아서 돈을 벌다 보니 모험적인 투자나 지난한 연구개발에 소홀했고 조직은 경직되고 복지부동하는 풍토가 뿌리 깊게 자리 잡았다.

때문에 혁신을 통한 성공 사례가 필요하다.

더욱이 경제의 핏줄인 금융기관의 변화와 혁신은 매우 긍정적인 신호가 될 수 있을 것이라고 내다본 것이다.

"무슨 말인지 알겠어요. 그런데 저보다는 대표님이 더 적임 아닌가요?"

"전 우리 아유카와 가문 하나 챙기기도 바쁩니다. 벌려 놓은 일도 많고."

"아유카와 가문의 뿌리를 살펴보면 반도와 특별한 인연이 있는 것도 아니던데, 대체 왜 한국을 그렇게 사랑하는 거죠?"

"제가 그렇습니까?"

"네. 배경을 모르고 본다면 한국인이라고 봐야 할 정도로 한국을 적극 옹호하고 한국적인 경영 방식을 추구하잖아요."

"가장 현명한 경영을 추구하는 것일 뿐, 괜한 오해는 거기까지만!"

분명하게 선을 긋자 모모에도 더는 무리수를 던지지 않았다. 아무에게나 비밀을 밝힐 수는 없었다.

그런데 와인을 다 비운 그녀는 객실 미니바에 비치해 둔 독한 위스키의 병마개를 땄다. 지금까지는 딱히 문제랄 게 없었는데 더 이상 마시면 서로 불편할 것 같았다.

그렇다고 그만 가라기도 애매해 던지는 말에 대답이나 하고 있었는데, 구세주가 등장했다.

"보스!"

"연 사장! 아직 안 잤어요?"

"네. 수행 임원으로 함께 움직이는 제가 보스가 주무시지 않는데 먼저 자는 것이 죄송한 것 같아서요. 모모에랑 대체 무슨 얘길 이렇게 오래 나누시는 거죠? 반가워요? 모모에."

"연 단장님! 마침 잘 오셨어요. 이제 술이 좀 달아졌는데, 저 아저씨는 자꾸 엉덩이를 빼 재미가 없었거든요."

"그럼 저랑 한잔할까요?"

"좋죠!"

졸지에 자리가 더 길어지게 생겼다.

와인 한 병으로는 어림도 없을 모모에라는 것을 모르지 않았지만 설마 자신의 호텔 객실에서 술판을 벌일 줄은 몰랐다.

그것도 야심한 시각이었기에 은근한 부담이 있었건만 연이채가 합류하면서 최소한 야한 위험성은 사라지게 되었다.

둘이 주거니 받거니 마시는 모습에 연이채가 걱정된 소이치로가 음주에 참전하면서 결국 미니바에 비치된 술병들이 하나둘 비어지게 되었다.

용량이 작은 게 그나마 다행이었을까?

문제는 어느 한 순간, 다들 만취해 중언부언하는 것 같더니 누가 먼저랄 것도 없이 쓰러져 잠이 들었다는 것이다.

"보스!"

"으음……. 헐!"

"쉿! 조용히 일어나 샤워부터 하세요."

"오케이, 오케이!"

누군가 흔들어 깨워 눈을 떴다.

깨운 사람은 연이채였고 눈앞에 펼쳐진 장면에 기겁하지 않을 수 없었다. 소파 아래 카펫에 드러누운 자신은 언제 다 벗었는지 팬티 차림이었고 양팔에 두 여인을 품고 있었다.

연이채가 먼저 깨어난 것이 다행일까?

두 여자를 품고 잤어도 엄한 짓은 하지 않은 것 같은데,

매우 심각한 문제가 하나 있었다. 남자인 소이치로는 개의치 않을 수도 있지만 모모에도 똑같은 복장이라는 것이었다.

핑크 브라와 팬티, 그것 외에는 걸친 것이 하나도 없었다.

그래, 추웠을 테지.

따스한 봄이 찾아왔다.

게다가 초특급 호텔이지만 속옷만 입고 자기에는 추웠다.

그래서 밤새 자신의 품을 파고들었던 것 같다. 자꾸 칭얼대는 그녀를 꼭 안아 줬던 기억도 스멀스멀 떠올랐다.

소이치로가 샤워하러 들어가자 연이채가 얼른 담요를 가져와 모모에의 깜찍한 나신을 덮어 줬다.

그런데 깜짝 놀랄 일은 그때 일어났다.

"전 괜찮아요."

"어? 깼어요? 모모에."

"네. 제가 가장 먼저 깼을 걸요!"

"보스가 매우 당황해하시던데……. 이를 어쩌죠?"

"뭘 어째요! 술이 죄지, 사람이 무슨 죄가 있나요?"

"그래도……."

"전 너무 좋았어요. 남자 품이 그렇게 따듯한 줄은 몰랐어요. 일단 저는 제 방에 가서 씻고 연락드릴게요."

좋았다는 말도, 아무 일도 없다는 듯 웃는 것도 흥미로웠지만 방을 나서던 모모에가 영문을 모를 이야기를 툭 던졌다.

연이채더러 부럽다는 표현을 쓴 것이다.

그 말을 들은 연이채는 당황한 기색이 역력했다. 연이채가 기억하는 한, 취해 잠든 소이치로가 비몽사몽인 와중에도 자신을 끔찍이 사랑스럽게 안아 줬던 그림이 떠올랐기 때문이다.

문제는 그 기억을 두 여자만 공유한 것이 아니라는 것이다. 샤워하러 들어간 소이치로는 물을 흠뻑 뒤집어쓴 채하나씩 떠오르기 시작한 기억에 어찌할 바를 몰라 방황했다.

'술이 웬수로군!'

아무리 술기운이었다지만 바람직한 장면이 아니었다.

연이채는 얼마든지 이해할 수 있을 것이나 모모에는 부담스러웠다. 그녀를 자신에게 보낸 고바야시 회장의 의중을 알고 있었기에 더더욱 부담스러웠다.

하지만 아침 식사를 나누며 확인한 사실은 모모에는 아무런 동요가 없는데, 오히려 연이채가 시선을 피하고 있었다.

전에도 비슷한 일이 있기는 했다. 하지만 자신의 상황이 달라진 것이 영향을 미친 것 같았다.

그래서 이동 중에 잠시 얘기를 나눴다.

"연 대리."

"그렇게 부르지 마세요."

"난 그게 좋은데……. 싫다면 그렇게 할게."

"죄송해요. 저도 왜 제 감정을 추스르지 못하는지 모르겠어요. 하지만 걱정하지 마세요. 부장님이 아니, 보스가 제게 무엇을 원하는지 아니까요."

"연 대리……."

적어도 연이채와는 적당한 선을 잘 지켜 왔는데, 소이치로도 갑자기 감정이 격해지면서 그녀의 손을 꼭 잡아 줬다.

미안한 마음이 밀려와 꼭 그래야만 할 것 같았기 때문인데, 이번에는 그녀가 손을 슬그머니 뺐다. 고마워해야 한다는 것을 알면서도 서운한 감정이 밀려오는 이유를 짐작하기 어려웠다.

그날 소이치로는 모모에가 진행하는 '미쓰비시 때려잡기 작전'의 시발점이 될 중요한 인물과의 미팅을 가지게 되었다.

이전에 후요 가문을 방문했을 때는 만난 적이 없는 인물

로 이름은 코하쿠, 나이는 마흔둘, 후지와라 회장의 장녀
이자 아키라 사장의 누나였다.

"반갑습니다. 코하쿠 이사님."

"명불허전이네요. 소이치로 아유카와 대표님."

"저도 후요 가문의 감춰진 보석이라고 불리는 이사님을
이렇게 만나게 되어 영광이라고 생각합니다."

"그 말, 진심인가요?"

"네."

짧게 대답한 소이치로는 코하쿠를 유심히 쳐다봤다.

그녀도 시선을 피하지 않고 마주봤는데, 곁에 있던 모모
에와 연이채가 이게 대체 무슨 액션이냐는 듯 쳐다봤지만
둘의 눈싸움은 끝날 줄 모르고 이어졌다.

좋은 인연을 기대했던 모모에는 뜻하지 않은 상황에 긴
장하지 않을 수 없었다. 괜한 자존심 때문에 어렵게 진행
한 작전이 무산될까 저어한 것이다.

그러나 서로 크게 웃으며 동시에 시선을 돌린 두 사람의
입에서 흘러나온 이야기는 염려하던 것과는 딴판이었다.

"전 솔직히 이 연대가 허술하다고 생각했어요."

"저도 후요 가문을 신뢰하는 것은 모험이라고 생각했습
니다. 그런데 그날 제 발길에 신의 가호가 있었나 봅니다."

"한 가지 조건만 충족된다면 전 이번 연대에 가문의 사

활을 걸어도 좋다고 생각해요."

"말씀하시죠."

그녀는 그저 전체적인 자태가 고울 뿐, 아름다운 외모를 지닌 여성은 아니었다. 미용에 별 관심이 없다는 증거는 손톱에 아무 것도 바르지 않은 것으로 증명되었다.

얼굴 화장도 그저 예의를 차리는 수준에 불과해 주근깨와 기미가 낀 얼굴을 그대로 드러냈는데, 그게 더 믿음이 갔다.

어찌 보면 어제 만나 모처럼 가족의 정을 느낀 막내 여동생 미희와 닮은 것 같기도 했는데, 그건 심적으로 친근감을 느꼈기 때문이라고 해석할 수밖에 없었다.

"사적인 감정을 푸는 살풀이가 되지 않았으면 좋겠어요."

"하하하! 살풀이라 하셨습니까?"

"네. 미쓰비시가 어떤 조직인지 저도 알아요. 하지만 대승적인 결단이 필요한 시기라고 생각해요."

"이사님. 우리 대표님은 그런 분이 아니세요."

"우리 대표님? 모모에, 공사를 구분하세요. 당신이 이번 연대를 주도하고 실질적인 업무를 관장한다는 것은 알고 있지만 지금 이 자리에서는 스미토모 가문을 대표하는 입장인 것을 망각하면 안 되죠."

"끙! 알았어요, 언니. 하지만……."

소이치로가 손을 들어 모모에를 제지했다.

공사를 구분하라는 코하쿠의 지적은 틀리지 않았다. 하지만 그보다 더 중요한 것은 중심을 잡아야 할 모모에가 SSL에 과도하게 편중된 자세를 고수하는 것이 우려된 것이었다.

역시 노련한 면모였기에 소이치로가 나설 수밖에 없었다. 그런데 드러낸 입장은 그녀의 바람과는 다소 거리가 있었다.

"무슨 뜻인지는 알겠으나 그건 매우 위험한 발상입니다."

"위험하다고요?"

"네. 그들은 절대 순순히 물러날 족속이 아닙니다. 지금 이 순간에도 우리들의 움직임을 포착해 덫을 놓고 있을지도 모릅니다. 제 생각에 동의하기 어렵습니까?"

"아니요. 제가 너무 순진한 생각을 한 것 같아요. 그들은 충분히 짐승이 될 수 있죠. 다만 제가 그 얘기를 꺼낸 이유는 그대에게서 감당하기 힘든 거부감과 투지가 읽혔기 때문이었는데, 그 정도 독한 각오가 아니면 성사될 수 없는 연대라는 것을 새삼 깨닫게 되었네요."

"이해해 주셔서 감사합니다. 우려하시는 부분은 심사숙

고해 자제하고 또 자제하도록 노력하겠습니다."

"고마워요."

설득이 다 된 줄 알았는데 다른 뭔가가 더 있었음을 서로가 인정하고 이해했다. 그건 바로 일본 기업, 특히 전범 기업인 미쓰비시에 대한 미움에서 비롯되었다.

그저 아무 상관이 없을 적에 품었던 거부감을 넘어서는 강한 적개심이 일었는데, 그걸 읽어 낸 코하쿠에게 명분 없는 분풀이를 하지 않겠다는 뜻을 밝힌 것이다.

그러면서 이 만남의 목적은 달성되기에 이르렀다.

세세한 부분은 어차피 모모에 사장의 몫이지만 그녀는 당사자들이 모두 모인 자리에서 코하쿠 이사를 새롭게 구성될 연합법인의 공동대표로 선임하자는 제안을 꺼냈다.

"저는 동의합니다."

"그럴 필요 없어요. 어차피 모든 것은 지분이 말해 줄 테고 투자한 만큼 나누는 것은 당연하죠. 부질없는 자리만 꿰차는 건 의미가 없고 전 요청이 있을 경우, 언제든 힘껏 도울게요."

"스미토모, 후요, 그리고 아유카와 가문이 힘을 합치면 어떤 일이 일어나는지 모두에게 보여 줘야죠. 언니, 고마워요."

"새 역사에 동참하게 해 준 두 분에게 제가 오히려 감사해야죠."

역사를 언급하는 것이 지나친 과장은 아니었다.

스미토모와 후요 가문은 이미 금융가의 거목이다. 거기에 아유카와 가문의 새로운 간판으로 인식되고 있는 SSL이 힘을 보태면서 지금껏 금융계의 절대 강자로 군림하던 미쓰비시를 밀어낸다면 그건 정말 새 역사라고 불릴 만하다.

추후 여러 기업들이 그 영향을 받게 될 것이기 때문이다. 썩어빠진 기업 풍토와 재정건전성을 확보하지 못한 기업은 돈줄이 말라 버릴 것이기 때문에 자의로 이루지 못한 혁신을 강요받을 것이고, 그건 결국 일본 경제의 피를 맑게 만들 것이다.

"걱정스러운 것이 있어요."

"뭡니까?"

"팽을 당한 미쓰이가 그냥 죽을 가능성은 제로에 가깝다는 것이고 미쓰비시에 붙는 것을 배제할 수 없다는 거예요."

"혹시 그런 움직임을 포착한 게 있습니까?"

"그들도 바보는 아니거든요. 그나마 대표님이 일본에 머물지 않아 의심의 강도는 약하지만 우리가 법인을 낸다면 빼도 박도 못하는 증거가 될 수밖에 없잖아요."

"언니. 그건 걱정할 필요 없어요. 우린 새로운 법인을 내지 않을 거거든요."

"아! 사모펀드?"

"그렇죠. 그리고 우리가 진행할 첫 번째 M&A 대상이 바로 미쓰이 계열사들이 될 것이기 때문에 그런 여유를 가질 틈도 없을 거예요."

연대가 확정되자 모모에는 그동안 준비해 온 전략 보따리를 풀어놨다. 하나하나가 혀를 내두를 정도로 파격 일변도였다.

하지만 그래야 목적을 달성할 수 있을 것이라는 것에 공감대가 형성되었고 코하쿠 이사는 즉석에서 여러 조언을 보태면서 추후 그 둘의 환상적인 호흡을 기대하게 만들었다.

묘한 경쟁 심리가 작용하는 것도 바람직했다.

둘이 그런 입장을 고수한다면 동업이 가지는 위험성을 상충해 줄 수 있기 때문이었다.

"연 대리. 오늘 회의를 지켜본 네 소회를 듣고 싶어."

"모모에, 코하쿠. 둘 다 만만치가 않아 보스는 손도 대지 않고 코를 풀 수 있을 것 같아요."

"상대가 미쓰비시인데?"

"만약 모모에 혼자였다면 다소 불안했을 것 같아요. 하지만 그녀의 단점을 침착하고 직관력까지 갖춘 코하쿠 이사가 절묘하게 커버할 수 있을 것 같다는 생각이 들었어요."

"그렇지. 코하쿠 이사의 존재감은 내게도 매우 긍정적이지. 둘이 편을 먹고 나를 배신할 가능성이 없다는 판단이 서던데, 내 측이 틀린 건 아니지?"

"네. 너무도 끔찍하게 잘 맞아떨어져서 전 소름이 돋았어요. 어떻게 하늘이 점지한 것처럼 그런 사람이 이 시기에 딱 맞춰 떨어졌는지……."

연이채의 확인 사살까지 거치자 마음이 푸근해졌다.

사실 일본 경제는 굳이 들여다보고 싶지 않았다. 끼어들면 들수록 깊은 수렁에 빠질 가능성이 높기 때문이었다.

히타치의 경영을 정상화시키는 것은 어쩔 수 없는 옵션이지만 그 어떤 수단을 동원해도 말기 암환자 같은 일본을 되살릴 수는 없다고 판단했다.

각개의 기업도 문제지만 미국에게마저 등을 돌린 마당에 일본 정치인들이 아직도 정신을 못 차리고 반도체, 배터리 특위를 만들어 국민 세금을 퍼붓겠다는 의지를 밝힌 요즘은 그저 바라보는 것만으로도 짜증이 일었다.

그런데 본의 아니게 깊이 관여하게 될지도 모를 상황이 되었다.

"코하쿠의 정치 성향에 대해 확인 좀 해 봐야 할 것 같아요."

"왜?"

"아까 보스에게 요구한 것도 그렇고 의외로 보수적인 색채가 보이는 것 같아서요."

"그건 곤란하지."

같은 편에게는 손을 쓰고 싶지 않지만 당장 나오미 여사만 봐도 기가 막힐 정도로 극우적인 사고방식을 가지고 있다.

한국을 돌아보며 현실을 깨닫기 바랐지만 이번에 만났을 때 확인한 바로는 그게 의도한 대로 될 것 같지가 않았다.

역시 사람은 잘 변하지 않는다는 진리가 확인된 셈이다. 똑같은 현상도 각자의 경험과 사고방식을 통해 얼마든지 달리 해석할 수 있다는 점을 간과할 수 없었다.

그래서 그녀와 사적인 대화를 더 나누며 친분도 다지고 위험 요소를 파악하고 사전에 싶었지만 그렇게까지 하지 않았다.

적당한 거리를 두는 것도 나쁘지 않다고 생각했으며 당장 해야 할 일들이 밀려 있어 다음을 기약했는데, 막상 연이채의 말을 듣고 보니 우려가 적지 않았다.

"개인뿐만 아니라 후요 가문의 정치 성향을 파악해 보는 것도 의미가 있을 것 같아."

"네. 그렇게 할게요. 그런데 정말 료코는 안 만나고 그냥 가시려고요?"

"잘하고 있다잖아. 굳이 시간이 되면 만나고 싶은 사람은 따로 있지. 하지만 뜸이 들 때까지 조금 더 기다려 보려고."

"극우조직 일본회의 말인가요?"

"응. 다른 일은 총알처럼 빠른 윤 실장이 이번 임무는 왜 이렇게 더딘 건지 모르겠어."

"신중할 수밖에 없죠. 사람 목숨이 왔다 갔다 하는 일인데!"

들고 보니 그랬다. 오히려 자신이 중요한 사안을 너무 가볍게 생각하는 것은 아닌지 돌아봐야 한다는 생각이 들었다.

결국 한국, 일본을 거친 소이치로는 급기야 미얀마로 향했다. 오랫동안 마음에 담아 뒀던 중대사를 해결하러 가는 길인데, 설렘은커녕 비행기에 오르자마자 바로 잠이 들었다.

이렇게 지친 경우는 극히 드문데, 본인이 생각해도 기가 쇠약해졌다는 느낌이 들었으나 어쩔 수 없었다. 이럴 때 도움이 될 만한 실리완이나 따능은 각자의 일로 바빴기 때문이다.

그러나 잠이 든 소이치로를 한참이나 물끄러미 응시하던 연이채는 어딘가로 전화를 걸었다.

* * *

"응? 따능?"

"오이! 반응이 왜 그래요? 귀신이라도 본 것처럼."

"놀라서 그러지. 미얀마에는 어떻게 왔어?"

"연 사장님이 오라고 특별히 요청을 하셔서 만사 제치고 넘어왔는데, 저 그냥 갈까요?"

"아니야. 왔으면 밥값은 하고 가야지."

"무슨 밥값이요?"

"미얀마 말을 잘한다면서? 난 기본도 모르니까 통역사가 필요했는데, 잘됐네. 일단 밥부터 먹으러 가자."

미얀마는 처음이었다.

물론 칸차나부리 산악 국경을 넘어 보기도 했고 적잖은 관심도 있는 국가였음에도 묘하게 올 일이 생기질 않았었다.

태국과 별반 다르지 않을 것이라고 생각했는데, 그렇지가 않았다. 태국과 비교하기 힘든 가난한 나라라는 것은 알고 있었지만 미얀마 최대 도시인 양곤을 방문한 느낌은 묘했다.

방콕과 비교할 수 없는 시골 느낌이 물씬 풍겼다. 높은 초고층 빌딩이 없는 것도 아닌데, 어울리지 않은 부조화라는 느낌이 강했다.

"떠오르는 투자 1순위 국가라던데, 생각보다 훨씬……."

"훨씬 어떻다는 거죠?"

"더럽네. 먹고 살려고 사람이 붐비는 것은 알겠는데, 난 왜 이 모든 게 부자연스럽게 느껴지지?"

"글쎄요……. 전 오히려 편안하게 느껴지는데, 긴 비행과 무리한 일정 때문에 몸이 피곤하셔서 그런 것 같아요."

"피곤하기는! 7시간이 푹 잤는데."

인생 2막,
섬나라 재벌로!

66. 상업성가(商業成家)

인생 2막,
섬나라 재벌로!

1974년생인 박상우는 한국이 어렵던 세월을 보며 자랐다.

탄광이 즐비했던 강원도 산골 출신이기 때문에 한창 경제 성장 중인 나라의 모습을 짐작할 수 있다. 때문에 양곤에 와서 이런 느낌을 받는 것이 정상적이라고 볼 수는 없다.

어차피 방콕보다 후진 도시라는 것을 알고 오지 않았던가!

그런데 선입견이 틀렸다는 느낌이 들 정도로 미얀마에 대한 첫인상은 좋질 않았다. 왜 뜬금없이 그런 부정적인 느낌에 젖는 것인지 좀 더 깊이 있게 고심했어야 했다.

아니나 다를까 시내 유명 맛집을 찾아가 식사를 하고 있는데, 예기치 못한 사고가 터지고 말았다.

"보스! 피하시는 것이 좋을 것 같습니다."

"무슨 소리야?"

"정체가 불분명한 자들이 쳐들어왔습니다."

"백주 대낮에 뭐가 불안해서 우리가 자릴 피한단 말이야! 정상적으로 대응해."

정복 차림의 경찰이 보여서 피하는 것이 무의미하다고 판단했다. 경호원들이 부담스러워한 것은 경찰은 경계만 할뿐, 사복을 입은 자들의 막무가내 식 행동 때문이었다.

다짜고짜 경호원들을 체포하려고 했다. 외국인인 줄 알고 있다면 신원을 확인하고 체포 이유라도 설명해야 하는데, 경호원들은 만만한 일반 시민이 아니지 않던가!

힘을 써 상대를 공격하지 않았지만 교묘하게 움직이며 체포에 응하지 않았고 그것에 화가 난 놈들이 기어코 무기를 꺼내 들었다.

"잠깐!"

"우리말을 할 줄 아나?"

"난 태국인이다. 그리고 여기 계신 분은 SSL 소이치로 아유카와 대표님이고 나머지는 임직원과 경호원이야. 대체 왜 불법적인 체포를 하려는 거지?"

"그건 일단 경찰서에 가서 확인하면 되고 다치기 전에 당장 응하라고 말해!"

"과연 너희 따위가 감당할 수 있을까? 일본 명문가의 자제이고 태국 10대 기업에 포함된 기업의 총수님이다. 또한 한국과 일본인인데, 대사관이 가만히 있을까?"

그제야 대장으로 보이는 놈이 움찔했다.

하지만 이내 뜻을 굽히지 않을 의향을 밝혔고 소이치로는 일단 반항하지 말고 체포에 응하라고 지시했다.

문제는 체포된 것이 아니다. 손이 묶여 정상적인 경호가 무산된 순간에 뜻하지 않은 공격을 받으면 속수무책으로 당할 수도 있기 때문이었다.

어이없게도 허름한 트럭 뒤 칸에 줄줄이 실려 놈들이 원하는 곳으로 이동하기 시작했다. 다행이라면 앞뒤로 따라붙은 차량에 무장한 병력이 타고 있다는 것이었다.

"이것들이 미쳤나 봐요."

"따능. 진정해."

"지금 진정할 때냐고요! 이유도 설명하지 않고 데려가면서 통신수단까지 다 뺏다니. 누군지 반드시 책임을 물을 거예요."

"걱정하지 마. 경호팀이 본부와 통신이 두절된 순간부터 추적해서 필요한 조치를 취하고 있을 테니까."

"그럼 기다리면 되나요?"

"응. 그나저나 어디로 가는 거지?"

경찰서가 아닌 것 같았기 때문이다.

외곽으로 벗어나는가 싶더니 누가 봐도 군사시설로 보이는 높은 철조망이 눈에 띄었고 몇 개의 초소를 지나더니 결국 위풍당당한 건물 앞에 차량이 섰다.

글씨를 몰라도 이 건물이 지역을 방위하는 군부의 사령부라는 것은 짐작할 수 있었다.

아무리 군부의 힘이 막강해도 그렇지, 외국인을 설명도 없이 체포해 데려온 것을 보며 미얀마가 가진 단점이 확연하게 느껴졌다.

"소이치로 대표. 이쪽으로 오십시오."

"당신은 누구지?"

"난 정보사령부 작전참모 파이 타쿤이라고 합니다. 쏘우 장군께서 그대와의 만남을 학수고대하고 계십니다."

"겨우 나를 만나기 위해서 우리 일행을 불법적으로 체포해 굴비 엮듯이 트럭에 태워 이렇게 데려왔단 말인가?"

"만남에서 좋은 결과가 나온다면 그 즉시 풀어 줄 겁니다. 별다른 위해는 없을 것이니 걱정하지 마시고……."

"닥쳐! 지금 당장 일본 대사관에 연락해 대사더러 직접 이리로 오라고 전하고 난 그 누구도 만날 생각이 없소. 지금 우리 SSL의 국제변호사가 미얀마로 달려오고 있을 것이오."

영어로 이뤄진 그 말이 끝나자 그제야 놈의 얼굴이 시뻘게졌다. 나름 체포 명분은 만들었을 것이나, 그게 통할 만큼 녹록한 사람이 아님을 깨달았던 것이다.

그렇다면 일단 자세부터 낮출 줄 알았는데, 놈은 잽싸게 어디론가 사라졌다. 아마 이 자리를 기획한 책임자와 상의하기 위해서인 것 같은데, 생각하면 할수록 화가 났다.

군부의 힘이 아무리 대단해도 그렇지, 이런 개수작이 통할 것이라고 생각한다면 갈 길이 너무 험할 것 같았기 때문이다.

5분도 지나지 않아 타쿤의 안내를 받은 휘장이 찬란한 군복을 입은 중년인이 모습을 드러냈다.

기가 막힌 것은 다짜고짜 근무를 서던 수하들을 두드려 패기 시작한 그의 행동이었다.

"이것들이 미쳤나! 귀한 손님을 이렇게 험하게 모시다니!"

"장군. 체통을 지키십시오. 이게 다 마웅 소령의 독단적인 판단 미스에서 비롯된 겁니다. 장군께서는 아무 상관이 없으시다는 것을 제가 잘 설명하겠습니다."

"그거로는 부족해! 이 미친 새끼들을 당장 영창에 처박으란 말이다! 내가 정중히 모셔 오라고 몇 번이나 강조했는데, 이게 대체 무슨 짓이냐고!"

눈 감고 아웅 하는 놈의 한심한 작태를 보고 있노라니 실소를 감출 수 없었다. 힘과 권위를 내세워 뭔가를 얻고 싶었던 모양인데, 그야말로 무식의 소치였다.

타쿤 중령이 제 직속 수하들을 불러 체포 조원들을 모두 끌고 나간 것은 짜여진 각본처럼 순식간에 벌어진 상황이었다.

그와 동시에 묶였던 직원과 경호원들의 수갑이 풀렸고 뒤늦게 제공된 의자에 다들 앉을 수 있었다. 그 과정을 흐뭇한 표정으로 바라보는 쏘우 장군과 눈이 마주쳤다.

하지만 소이치로의 시선은 그냥 지나치고 말았다. 놈의 입가가 실룩거리는 것이 보였으나 개의치 않았다.

그 이유는 곧 밝혀졌다.

"장군. 전화를 좀 받으셔야겠습니다."

"누군데?"

"사령관이십니다."

"어이쿠!"

통화 내용은 짐작이 가능했다.

이곳까지 연행되는 데 소요된 시간은 한 시간 남짓이었다.

그런 여유라면 SSL 세이프티의 두 능력자가 움직이기에 충분한 시간이었다. 업무 중인 대낮이었으니 대사관에 연락해 미얀마 외교부를 압박했을 것이고 태국 정부는 물론 S1도 나름의 통로를 통해 미얀마 정부를 닦달했을 것이다.

그게 결국 군부 최고 권력자의 귀에까지 들어갔던 것이고.

문제는 그도 관여했을 가능성이 높다는 것이었다. 십여 분이 지난 뒤 되돌아온 쏘우 장군은 소이치로에 다가오더니 두 손을 공손히 모으며 잠시 대화를 청했다.

입장이 바뀌었다고 판단한 소이치로는 그와 마주 앉았다.

"불편을 끼쳐 대단히 죄송합니다."

"들어나 봅시다. 체포 사유."

"지난달에 대표님이 카인주와 몬주 국경을 허가도 없이 들락거렸다는 정보가 포착되었습니다."

"증거가 있습니까?"

"네. 국경을 허가도 없이 드나든 것은……."

"명백한 불법이죠. 그렇다면 법 절차에 따라 기소하고 조사도 진행하십시오. 다만 그게 과연 군부대로 끌고 와 심문할 큰 죄인지, 난 납득할 수 없으니 법정에서 따져 봅시다."

"그전에 꼭 상의 드리고 싶은 것이 있는데……."

"됐고! 당신을 포함해 이번 불법체포와 연행에 관련된

모든 사람은 나를 대리할 법률 팀의 고소를 당하게 될 것이오."

놈의 당황한 표정을 보고 있자니 화는 좀 풀렸다.

미얀마 땅을 밟자마자 인사 한 번 제대로 받은 셈인데, 황당하긴 했지만 이 나라 정치권의 단면을 엿볼 수 있었다고 치면 긍정적인 경험이었다.

짐작컨대 쏘우 장군은 군부 최고 권력자인 민 아웅 장군 계열로 보였다. 어차피 그들과는 손을 잡기 힘든 입장인데, 놈들은 엉뚱하게도 뒷돈을 챙길 의향부터 비친 것이다.

참으로 우스꽝스러운 상황이 아닐 수 없었다.

그의 얘기를 좀 더 들어 보면 보다 명확한 입장을 알 수 있을 것이나 일단 안전을 확보하는 것이 우선이라고 판단했다.

"진정하시고 제 말을 좀 들어 보시죠?"

"긴말 필요 없고 당장 풀어 주시오. 난 나가야겠소."

"잠깐만 기다려 주십시오."

참모인 타쿤 중령이 달려 들어와 귀엣말을 했다.

지금 부대 정문 앞에 일단의 무리가 나타난 것이다. 양곤에 위치한 일본 영사관의 영사가 만사를 제쳐 두고 달려왔다.

빠른 대처가 신기할 정도였는데, 모두 풀려나 정문에 도착했을 때는 한국 영사의 모습도 보였다.

따능과 소이치로를 제외한 나머지 일행은 모두 한국 국적을 가진 사람들이었기 때문이다. 따능은 태국 대사관 직원이 오지 않았다며 성질을 팍팍 냈는데, 정문까지 따라나와 거듭 허리를 숙인 부대장이 그녀의 화풀이 대상이 되고 말았다.

타쿤 중령은 지프차를 타고 뒤따라왔다. 뒤처리를 하고 싶은 모양인데, 당당했던 첫 인상과는 천양지차였다.

"보스. 저 괘씸한 놈들을 어떻게 혼내 주죠?"

"국제변호사가 올 거야. 그냥 절차에 맞게 진행하라고 해."

"박살을 내야죠!"

"흉내만 내라고 해. 어차피 부딪쳐서 좋을 게 없어."

"네. 그래도 너무 괘씸한데……."

"복수는 해야지. 천천히, 아주 천천히……."

따능에게도 무리수를 두지 말라고 지시했다.

태국인들의 미얀마에 대한 우월감은 상상을 초월한다. 마치 한일관계처럼 과거사가 얽혀 서로 못 잡아먹어 안달인지라 타쿤 중령을 상대하면서 오버하지 말라고 누차 강조했다.

지나치게 주목받는 것이 바람직하지 않기 때문이었다.

다음 날 아침, 소이치로 일행은 3대의 SUV에 나눠 타고 양곤을 떠나 북으로 향했다. 비행기를 타면 훨씬 간편한 여정이지만 행적이 노출되는 것을 최대한 막아야 했던 것이다.

"목적지가 만달레이 아닌가요?"

"변경했어. 이미 과도한 주목을 받고 있는데, 그들과 만나는 행적이 발각되면 서로 피곤해질 것 같아서."

"그래서 1번 국도를 타지 않은 거군요. 그럼 우린 지금 어디로 가는 거죠?"

"마궤."

"아! 근데 지금 이 도로가 정말 2번 국도가 맞나요?"

"왜 성장이 더딘지 이해가 되네. 도로는 산업의 젖줄인데, 이렇게 심각하니 어떻게 발전할 수 있겠어."

양곤을 벗어나자마자 바로 시골 풍경이었다.

어정쩡한 난개발이 이뤄지고 있는 도심에서 벗어난 소이치로는 가슴이 뻥 뚫리는 해방감을 느꼈다.

어제 사건을 계기로 자신에게도 약간의 예지능력이 있음을 확인했다. 좋지 않은 일을 앞두면 몸이 신호를 보냈던 것이다.

그런데 어제와는 달리 오늘은 컨디션이 무척 좋았다.

낡은 도로도, 전혀 개발되지 않은 미얀마의 순수한 풍광들이 마치 고향집에라도 온 것처럼 편안함을 선사했다.

워낙 도로 사정이 좋지 않아 여러 번 쉬면서 천천히 이동했는데, 목적이 있는 여정인데도 마치 여행을 온 것 같은 기분이 들었다.

"따능. 넌 미얀마에 대해 어떻게 생각해?"

"전 미얀마 좋아해요. 사실 국적은 태국이지만 부모님이 모두 고산족 출신이라서 심정적으로도 미얀마 문화에 대한 거부감이 전혀 없어요. 오히려 편하다고 해야 하나?"

"그럼 앞으로 미얀마에서 진행할 사업에 집중해 볼래?"

"총괄영업본부는요?"

"그건 꼭 필요할 때만 나서도 되잖아. 사무실에 붙어 있는 성격도 아니고."

"그건 그렇죠. 그런데 미얀마에서 대체 무슨 사업을 하시려고요?"

"일단은 토목 건설부터 시작할 거고 스마트 팜도 괜찮을 것 같아. 하지만 자리 잡게 되고 여건이 허락되면 일렉트로닉스와 자동차부품 생산기지를 이전할 생각이야."

"와! 그거 대박이겠는데요!"

따능에게 모두 맡길 수는 없을 것이다.

하지만 새로운 시장을 개척하는 데 그녀의 도전적이며 진취적인 재능이 필요하다고 판단했다.

다행히 거부감이 없고 상당한 관심을 보여 잘됐다는 생각이 들었다. 아쉬운 점은 미얀마 현지의 유력한 인물을 영입하면 좋겠다는 생각이 들었는데, 뜻하지 않은 부분에서 해결 방향이 보였다.

"안녕하십니까? 우 마빈이라고 합니다."

"SSL의 소이치로입니다. 주변 친구들은 편하게 '쿤디'라고 부르기도 합니다."

"그럼 저도 그냥 마빈이라고 불러 주십시오. 쿤디. 차논 아저씨한테 좋은 이야기 많이 들었습니다."

"그런데 같이 오신 분들은 누구시죠?"

"제 동생들입니다. 한 명씩 일어나 자기소개를 직접 해."

여러 명이 움직였지만 미팅 장소에는 좌 연이채 우 따능만 대동했다. 그런데 마빈은 무려 6명이나 데리고 들어왔다.

다들 중요 인사라는 의미였기에 확인을 부탁했다. 그리고 알게 된 놀라운 사실은 형제자매가 무려 16명이라고 했다.

그게 어떻게 가능한지도 의문이었지만 그중에 8번째인 그가 이 중대사를 책임질 인물로 임명된 것도 주목할 필요가 있었다. 또한 8명의 동생들 중에서 시간이 허락되는 이들을 모두 데리고 왔다는 점도 주목할 필요를 느꼈다.

그 이유가 바로 언급되었다.

"본가는 시대의 흐름에 부응해야 한다는 결정을 내렸습니다. 특히 미래 경영을 선언하고 혁혁한 성과를 올리고 있는 SSL 대표께서 미얀마에 관심을 가지고 그 첫 번째 행보로 저희 가문을 선택해 주신 지금이야말로 천재일우의 기회라는 의견을 모았습니다."

"하하하! 부담스럽게 왜 이러십니까."

"SSL의 미얀마 진출을 적극 지원하고 그와 동시에 본가도 상업성가(商業成家)의 기치를 높이 들 수 있기를 소망합니다."

"상업을 통해 가문의 번영을 원하신다는 말씀인가요?"

"그렇습니다!"

말인 즉, 사업 파트너가 되고 싶다는 의사 표명이었다.

나쁜 제안은 아니다.

어차피 미얀마에 기반이 없는 터라 적당한 현지 동업자가 필요하다는 생각을 했었다. 특히나 후진적인 정치사회 구조를 지닌 나라일수록 그 역할이 지대할 수밖에 없었다.

그런데 차논이 믿고 추천한 우 싸우 가문이 먼저 손을 내민 것이다. 비록 군부에 기반을 둔 집안이지만 그들이 지향하는 바가 자신의 뜻과 엇갈리지 않는다면 이보다 나은 파트너가 없는 것이 현실이었다.

"그렇다면 한 가지만 확인하고 싶습니다."

"말씀하십시오."

"미얀마가 나아갈 방향이 어디라고 보십니까?"

"상당히 포괄적인 질문이고 듣기에 따라 쿤디가 거북하실 수도 있으나 전 기본적으로 한국이 가장 바람직한 모델이라고 생각합니다."

"경제발전상을 말씀하시는 겁니까?"

"경제는 물론이고 국민주권을 실천하는 건전한 민주정치 체제 또한 오랜 암흑기를 거친 우리 미얀마가 따라야 할 가장 적합한 모델이라고 생각합니다."

그 몇 마디로 더 이상의 의문은 남지 않았다.

군부의 핵심 축인 그의 가문이 변하고 있는 시류를 정확히 읽고 있는 것만으로도 충분히 고무적이라는 판단을 내렸다.

더욱이 소이치로는 우 마빈이 이런 상황까지 다 예측하고 최적의 답안을 준비했다는 사실에 더 놀랐다.

그는 절대 녹록한 인사가 아니었다. 나이는 올해 마흔둘로, 일찌감치 군부나 정계로 진출한 형들과는 달리 본가에 머물며 가문의 대소사를 관장하는 역할을 감당하고 있었다.

막강한 세력을 지닌 가문이기에 소요되는 재정이 만만치

않을 것이고 이런 저런 사업을 추진해 충당하고 있을 것이다.

그런데 이제 그 영역을 북부 만달레이 구에 한정하지 않고 미얀마 전역을 대상으로 본격적인 사업을 진행코자 하는 것이며 그 파트너로 SSL이 최적이라고 결정한 것이었다.

"전 오래전부터 미얀마 투자시기를 저울질하고 있었습니다."

"그게 지금이라고 판단하신 근거가 무엇인지 궁금하군요."

"저는 지금이 최적이라고 생각하지 않습니다."

"네? 그럼 왜?"

"적절치 않다고 판단한 이유는 무르익고 있는 시민 의식과 정치권력의 괴리가 지나치게 벌어지고 있기 때문입니다."

"아! 평화적인 정권교체가 어려울 것이라고 보시는군요?"

"아닙니까? 당장 몰표를 받을 가능성이 높은 여당이 선거가 끝나면 개헌을 하겠다고 공공연히 말하고 있지 않습니까!"

그 얘기가 나오자 마빈의 표정은 딱딱하게 굳었다.

그도 바람직한 방향이 아니라고 생각한다는 것이 확연히 느껴졌다. 하지만 돌아가고 있는 현실을 부정할 수는 없는 노릇이었고 외국인인 소이치로가 미얀마의 정세를 그 정도로 세세하게 파악하고 있을 줄은 몰랐던 것 같았다.

그 점이 매우 안타까웠는데, 그렇게 되면 협력을 원한 그의 제안은 무책임한 부표 수표가 될 수도 있기 때문이다.

사실 소이치로가 미얀마에 예정보다 일찍 오게 된 이유는 투자를 원해서가 아니다. 정치 불안이 가중되어 쿠데타라도 일어나면 차논의 공든 탑이 무너질 것이 안타까웠을 뿐이다.

거기에 경제적인 이점까지 더해지면 금상첨화지만 근본적인 문제가 해결되지 않으면 한 발도 더 나아가기 힘들어진다.

"그런 생각이 먼저였습니까?"

"네. 잘 아시지 않습니까? 어르신이 그동안 어떤 일을 해 왔는지. 저를 믿고 모든 것을 아끼지 않고 도와주신 그분의 고귀한 뜻이 꺾이거나 좌절되는 꼴은 절대 볼 수 없습니다."

"너희들은 이제 그만 나가서 대기해."

"형님. 전 끝까지 듣고 싶습니다."

"어허! 나가라지 않느냐!"

서른을 갓 넘긴 듯 보이는 그는 소이치로가 기억하기에 이들 부친의 14번째 아들인 우 민훼라는 자였다.

마빈과 한 배에서 태어나 각별한 우애를 지녔으며 유독

총명해 보이는 눈빛을 지녔고 보기 드물게 태국 최고의 명
문 중에 하나인 탐마삿 대학을 졸업했다고 자신을 소개했
었다.

서구 명문 대학보다 SSL이 둥지를 틀고 있는 태국과의
연관성을 언급한 것은 총명한 선택이었다. 기억하기 좋았
으니까.

하지만 그마저도 쫓겨났다. 단 한 명의 여동생만 빼고.

그녀는 마빈의 비서 역할을 맡고 있는 막내 여동생 피앙
이었다. 조숙한 것인지, 부끄럼이 많은 것인지 눈 한 번
마주치지 않고 다소곳이 앉아 대화 내용을 메모하는 침착
함을 보였다.

"저희가 어떻게 하길 원하십니까?"

"군부의 권력을 접수하십시오!"

"그게 그리 간단한 문제가 아닙니다. 현 실권자인 민 아
웅 장군은 철두철미하며 그를 옹위하고 있는 세력이 정부
군의 요직을 두루 맡고 있다는 사실을 모르십니까?"

"압니다. 하지만 대가리가 깨지면 조직은 흔들릴 것이고
그런 기회를 얻고도 권력을 쥐지 못한다면 우 싸우 가문은
물론 미얀마의 미래는 암울할 것이라고 생각합니다."

"그를 대체 어떻게 깬단 말입니까?"

"그자는 제가 맡겠습니다."

"그, 그게 가능합니까?"

민 아웅 장군이 언급되자 마빈은 불편한 기색을 감추지 못했다. 그에 따라 내린 그 결정이 얼마나 위험한지 알기에 마빈은 물론 조용히 앉아 있던 보좌진들도 바짝 긴장했다.

연이채, 따능은 왜 그런 모험을 하는지 이해하기 힘들었으나 그래도 입을 열지는 않았다. 필히 소이치로가 좋은 수를 가지고 있을 것이라고 믿었기 때문이다.

그런데 존재감이 느껴지지 않던 피앙이 입을 뗐다.

"조직을 상대하기 무서운 이유는 그 안에 강력한 위계질서가 잡혀 있기 때문이죠. 수장 한 명을 제거한다고 조직이 와해될 것이라는 생각은 너무 순진한 발상 아닌가요?"

"피앙!"

"하하하! 아닙니다. 좋은 지적이고 거기서부터 구체적인 논의가 진행되는 것이 맞습니다."

"오라버니. 가문의 존망이 달린 중대사이나 저를 활용하면 보다 확실한 결과를 도출할 수 있다고 생각해요."

"그만해. 바보 같은 녀석!"

무슨 사연이 있음을 직감할 수 있었다.

하지만 캐물을 수는 없는 상황이었고 피앙이 마빈의 절대적인 신임과 독특한 능력을 지닌 존재라는 것도 알게 되었다.

잠시 침묵이 이어질 수밖에 없었는데, 이번에도 먼저 입을 연 사람은 피앙이었다.

소이치로의 의문을 한 방에 날려 줄 수 있는 한마디였다.

"저를 원해요. 민 아웅 장군의 가문에서."

"그게 무슨 말입니까?"

"그의 후계자가 될 장남의 후처로 들어오라고 한다고요."

"후처?"

"며느리를 원하는 것이 아니라 볼모를 잡으려는 거죠!"

"피앙. 너도 나가 있어!"

"오라버니. 그들을 한자리에 모을 수 있는 기회는 그것밖에 없어요."

"나가 있으라고 했다."

피앙도 결국 쫓겨났다.

마빈은 그 모든 것을 치욕이라고 생각한 것이 분명했다.

악문 어금니에 실린 분노는 그럼에도 불구하고 민 아웅과 협력하는 관계를 유지할 수밖에 없는 미력함을 한탄하는 것 같았다.

또한 새로운 돌파구를 마련하고자 하는 이유일 것이다.

소이치로는 기다렸다.

그가 결정을 내리지 못한다면 지금까지 해 왔던 이야기는 다 헛된 망상에 지나지 않게 된 것이다.

"쿤디. 저 혼자 결정하기에는 사안이 너무 무겁습니다."

"시간이 필요하다는 말씀입니까?"

"네."

"이미 가진 패를 드러낸 제가 기다릴 수 있는 여유는 그리 길지 못하다는 점을 참조해 주시면 고맙겠습니다."

"그렇다면 저랑 같이 가시죠."

"어딜 말입니까?"

"저는 제 부친의 수족일 뿐입니다. 아버님을 직접 뵙고 허락을 구해야 할 사안이라고 생각합니다. 차논 아저씨를 둘도 없는 벗이라 여기시는 분이니 긍정적인 결과가 나올 수 있다고 생각합니다."

"좋습니다."

긍정적인 결과를 기대한다는 말에 그의 의중이 담겨 있었다.

실패할 경우, 그의 가문은 거덜이 날 것이다. 지금까지 보여 온 미얀마의 권력 투쟁 사례를 참조하면 우 싸우 가문과 연관된 자들은 모두 학살을 당할지도 모른다.

그냥 수모를 견디며 서서히 변모를 꾀하고자 했고 소이

치로의 SSL이 잘 이끌어 줄 것이라고 믿었던 그로서는 너무 과격한 방향으로 느껴질 수도 있다.

그러나 그의 가슴 속에 불타고 있는 강렬한 야망은 쉽게 감춰지지 않았다. 아끼는 여동생을 볼모로 보내는 수모를 더는 용납할 수 없었던 분노도 한몫했다고 볼 수 있었다.

"보스. 권력 투쟁에 관여하는 것은 너무 위험합니다."

"왜? 걱정되나?"

"그럼요. 어제 직접 겪어 보셨잖아요. 그 작자들이 얼마나 무지하고 경우가 없는지."

"그러니까 정리해야지."

결국 만달레이로 길을 잡았다.

다행이라면 헬리콥터를 이용해 시간을 단축할 수 있었는데, 마궤 이북으로는 우 싸우 가문이 장악한 지역이라서 보안에 신경 쓸 필요가 없다는 말에 안심할 수 있었다.

다만 헬기 탑승 인원이 한정되어 SSL 일행은 3명만 탈 수밖에 없었고 경호 인력은 자동차를 타고 뒤따르는 일정이었다.

경호가 불가한 위험한 선택이기에 안 사장이 있었다면 헬기 탑승은 가능하지 않았을 것이나, 소이치로는 상대에게 믿음을 주기 위해서는 본인부터 빗장을 풀어야 한다고 판단했다.

그 덕분에 탑승한 뒤로 내내 연이채의 잔소리를 들어야만 했다. 하지만 그 또한 필요한 과정이기에 차분하게 설명했다.

"저들도 목숨을 걸 일이지만 군부를 건드리다 실패하면 아무리 외국인인 보스라도 쉽게 빠져나올 수는 없을 거예요."

"그렇겠지. 국가 전복을 꾀한 중죄로 다뤄질 테니까."

"그런 위험을 왜 감수하시느냐고요!"

"그게 옳은 일이니까!"

"보스!"

한국어로 대화를 나눴지만 헬기에 탑승한 다른 이들도 대화의 내용과 분위기를 충분히 미뤄 짐작이 가능한 톤이었다.

늘 여유가 넘치는 따능만 씩 웃으며 저 멀리 풍경을 감상하고 있을 뿐, 다들 사안의 중대성에 짓눌려 어색한 침묵만 이어 가고 있었다.

어렵게 연이채를 설득한 소이치로도 광활한 미얀마의 풍경에 눈을 돌리고 감탄사를 터트렸는데, 엉뚱한 곳에서 화살이 날아왔다.

"저 강이 그 유명한 이라와디 강이군!"

"네."

"어? 피앙. 한국어를 할 줄 압니까?"

"매일 저녁 골든타임에 K 드라마가 미얀마 채널들을 장악했거든요. 한국어 한두 마디 못하는 사람이 없을 걸요."

"아! 그래도 당신의 한국어 구사 능력은 내 기대를 한참 윗돌아 놀랍습니다."

"정말 열심히 공부했어요. 언젠가 꼭 필요하다고 생각했거든요. 저도 궁금한 게 있어요. 대표님은 일본 국적 아닌가요?"

"그렇습니다."

"그런데 어떻게 한국어를 모국어처럼 사용하시죠?"

그녀의 한국어 구사 능력도 놀랍지만 아무도 모를 줄 알았던 연이채와의 대화를 모두 알아들었다는 사실에 뜨끔했다.

다행히 거리낄 내용이 없었기 망정이지, 흉이라도 봤다면 어쩔 뻔했는가!

그런데 한 발 더 나아가 국적 이야기를 꺼냈다. 겉으로 드러나지 않은 진실을 보는 직관력을 지녔다는 느낌을 받았다.

그런 유능한 인재를 볼모로, 그것도 후계자의 첩으로 보내야 하는 입장에 처한 우 싸우 가문이 현재 어떤 입장일지를 가늠해 본 소이치로는 심정적 동요가 일지 않을 수 없었다.

하지만 그녀의 질문에 대한 답은 얼버무렸다.

물론 거짓말은 하지 않았다.

"난 한국의 역사와 문화를 존중하고 한국인을 좋아합니다."

"그런 식으로 본질을 회피하시니까 더 궁금해지지만 더는 묻지 않을게요. 하지만……"

"피앙!"

뭘 더 물으려고 했는지는 알 수 없으나 마빈이 끼어들어 만류하자 그녀도 더는 입을 떼지 않았다.

다른 것은 몰라도 오빠에 대한 신뢰와 순종은 절대적이었다. 그만큼 마빈의 가슴이 넓다는 의미의 해석이 가능했다.

아직 다 확인하지는 못했으나 이런 인재가 넘쳐 나는 가문이라면 이후 좋은 인연이 이어질 것 같다는 느낌을 받았다.

아까는 대화에 끼지 못했던 우 민훼가 태국어로 말문을 텄다. 만류하지 않는 마빈을 보며 추후 그를 소통의 창구로 생각하는 것 같아 이런저런 얘기를 받아 줬다.

그런데 알고 보니 그의 관심은 따능에게 향하고 있었다. 어딜 가나 남자들의 본능을 일깨우는 관능미를 지닌 따능이 얼마나 무서운 여자인지 미처 모르는 것 같았다.

그런데 어떤 의미에서는 잘됐다는 생각이 들었다. 따능에게 추후 미얀마에서 진행할 사업 전반을 맡길 의향이 있기에 민훼를 사로잡는다면 일이 훨씬 수월할 것이기 때문이다.

헬기가 우 싸우 가문의 영지에 도착했다.

"대단하네요!"

"부끄럽습니다. 치안이 확보된 나라에서는 거의 볼 수 없는 장면이라는 거, 저도 압니다."

"하하하! 그런 의미는 아니었습니다. 미얀마 육군의 체계가 매우 복잡하던데, 우 싸우 가문은 어딜 맡고 있는 겁니까?"

"저희는 13개의 지역군 사령부(RMC- 군단 편제와 유사) 중에서 북부, 북동부, 북서부를 담당하는 5 특수 작전국(BSO-야전군)을 지휘하고 있고 칼라이, 라시오 지역 작전사령부(ROC)를 관리하고 있습니다."

"다 이해는 못 했지만 북부의 가장 넓고 위험한 지역을 감당하고 있는 것은 이해가 됐습니다."

이 가문은 4대 군벌 중에 하나다.

중국, 인도, 방글라데시와 국경을 마주한 매우 책임이 막중한 지역을 감당하고 있다. 또한 카친 독립군과도 상대하고 있어 군부 내에서 절대 무시할 수가 없는 세력이 분명하다.

그런데도 군부 권력 중심 세력에서 배제된다는 것은 있을 수 없는 일이다. 그만큼 민 아웅 가문의 독단과 횡포가 극심하다는 것이고 이는 협상 전에 이미 분위기가 무르익었다고 봐도 무방했다.

"차논 찬타라의 양자, 쿤디가 어르신께 문안 여쭙니다."

"허허허! 형님이 왜 입에 침이 마르도록 칭찬하셨는지 이해가 되는구려. 이 험한 곳까지 오느라 고생이 많았소."

"고생이라니요! 소중한 인연을 얻게 된 것 같아 오는 내내 아주 즐거웠습니다."

"우리 아이들이 싹싹한 성격이 아니라 걱정스러웠는데, 그리 좋게 봐주어 고맙소이다. 쿤디."

"말씀 편하게 하십시오. 양부님의 형제이시니 제게는 숙부님이나 다름이 없지 않습니까."

"허허허! 성품까지 형님을 꼭 닮았구려."

우 싸우는 초면인데도 집안 어른을 뵌 것처럼 편안했다.

그런 분이 어떻게 '북부의 저승사자'라는 별명을 얻었는지 이해가 되질 않았다. 군부독재가 이 땅을 피로 물들인 이후 일찌감치 현역에서 은퇴했기에 젊을 적에 얻은 허명일 뿐이라고 말씀하시지만 그 역시 범인(凡人)이 아니었다.

자식들을 하나같이 비범하게 키워 낸 것도 용장 밑에 약졸 없다는 글귀를 몸소 실천한 결과라는 생각이 들었다.

인생 2막,
섬나라 재벌로!

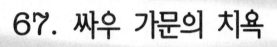

67. 짜우 가문의 치욕

인생 2막,
섬나라 재벌로!

"자네 생각을 들어보고 싶군."

"전 미얀마가 다시 독재의 길로 회귀한다면 이 땅은 필시 전쟁의 화마에 휩쓸릴 것이라고 생각합니다."

"전쟁이라……. 미중 패권 전쟁의 장이 될지도 모르지."

"그건 미국이 미얀마의 가치를 얼마나 높이 쳐주느냐에 따라 다르겠지만 현 상황에서는 중국에 먹힐 가능성이 높다고 봅니다. 한반도와 같은 분단의 역사가 재생될지도……."

"최악이로군! 상상하기도 싫은."

그는 소이치로가 이렇게 극단적인 의견을 내리라고는 생

각지 못한 것 같았다. 하지만 소이치로는 차분하게 설명했다.

현재도 미얀마는 군부가 절대적인 권력을 행사하고 있다. 헌법 개정을 저지하기 위해 국회 의석의 25%를 현역 군인이 장악하고 있으며 문민 통제가 이뤄지지 않는 증거로 군 최고통수권자는 대통령이나 총리가 아닌 군부가 스스로 임명한다.

그런데 국민들의 절대적인 지지를 받은 민주 정권이 군부를 들어내려는 움직임을 보이고 있다. 그걸 그대로 받아들일 리가 없다는 말을 그도 부정하지 못했다.

"미얀마 군부는 이미 고착화된 기득권층입니다. 존재 목적마저 망각한 이익집단으로 변질된 군부가 스스로 기득권을 내려놓을 가능성은 제로에 가깝지 않을까요?"

"가능성을 따질 필요도 없는 사실이지. 하지만 혁명은 늘 부작용을 동반한다는 사실을 망각해서는 안 되네."

"어차피 민주주의는 피를 먹고 자라는 제도입니다. 주권이 온전히 국민에게 돌아가려면 기득권층과의 충돌은 피할 수 없으며 그 고귀한 희생을 발판 삼아 한 걸음씩 한 걸음씩 나아가는 것이라고 생각합니다."

"희생을 각오해야 한다는 말이군!"

"그렇습니다. 다만 혁명의 주체가 누구냐에 따라 그 의미와 결과는 천양지차가 될 수도 있다고 생각합니다."

"허허허! 자네의 그런 생각이 본가를 벼랑 끝으로 모는 야박한 의견이라는 것은 알고 하는 소리지?"

"네. 희생만큼의 소득이 있을지 감히 장담드릴 수 없어 송구합니다. 하지만 저 또한 사활을 걸겠습니다."

"자네가 왜?"

"가깝게는 의부의 평온한 여생을 지켜 드리고 싶고 좀 더 길게 보자면 안정된 체제를 이룬 미얀마의 꿈을 이해하고 도와 이 땅에서 돈을 많이 벌고 싶기 때문입니다."

"솔직해서 좋군!"

민주적 방식이 모든 경우에 최적이라고 말할 수는 없다.

민주적 소양이 축적되지 않은 상황에서의 자유는 오히려 혼란과 분열을 부추길 수도 있는 치명적 약점을 지니고 있다.

한국의 경우도 독재의 지린 음지에서 소중한 민주의 자산이 피어나지 않았던가! 국가의 안정을 확보하고 사회의 혼란을 잠재울 수 있는 확고한 정권 수립이 선행되어야 한다.

현실적으로 군부가 어느 날 갑자기 모든 권한을 내려놓고 물러날 리는 없다. 고로 단계적인 변화가 요구되며 혁신을 주도할 수 있는 건전한 세력이 권력을 잡는 것이 적절했다.

그 주체로 우 싸우 가문을 염두에 둔 것이었고.

"여러 경우를 고려해 볼 때, 단번에 모든 것을 이룰 수는 없을 겁니다."

"그렇겠지. 독재의 그늘이 50년 넘게 드리웠던 나라일세. 하지만 새롭게 태어나기 위해 누군가의 피와 희생이 요구된다면, 어차피 겪어야만 할 과정이라면 두려움 없이 나아가는 것이 옳지!"

"송구합니다."

"자네가 왜? 늘 마음만 간절했을 뿐, 현실과 타협해 온 나일세. 이번에도 비겁하게 꼬리를 내린다면 본 가문도 역사 앞에 설 자격이 없다고 생각하네."

"숙부님의 이 결단은 결과와 상관없이 이 나라의 민주주의를 꽃피울 거름이 될 것이라고 확신합니다."

"결과와 상관없이? 왜 이러시나? 결과는 자네가 직접 만들어 내야지!"

"하하하! 네. 대의가 우리에게 있는데, 뭐가 두렵겠습니까!"

"마빈. 들었느냐?"

"네. 아버님."

"널 이번 작전의 주장으로 임명하마. 형제들과 긴밀히

협력해 쿤디를 돕고 지원을 아끼지 말아야 할 것이다."

"네!"

정말 특별한 경우가 아니라면 소이치로는 빠져나갈 수 있다. 국적도 관계될 것이고 어떤 상황에서든 제 한 몸 정도 빼는 것은 어렵지 않다고 확신하기 때문이다.

하지만 우 싸우 가문은 입장이 다르다.

성공하면 역사에 길이 남을 명문가로 거듭나겠지만 그에 비해 실패에 대한 부담이 너무 크다.

그야말로 가문이 풍비박산이 날 수도 있다.

그럼에도 불구하고 우 싸우는 소이치로의 의견을 받아들였다. 이것은 그를 단지 군벌의 한 축으로 여기지 않을 수 있는 충분한 증거가 되었다.

"모든 일이 잘 풀려 차는 형님을 우리 집에 초대할 수 있는 좋은 날을 기원하겠네."

"어르신. 한 가지 청이 있습니다."

"말씀해 보시게."

"저는 카친 독립을 바라는 세력의 수장과 화해를 해야 한다고 생각합니다."

"겨우 눌러놨는데, 불씨를 쑤시는 꼴이 되지 않을까?"

"제가 확인한 정보에 의하면 카친 주가 중국 정부와 밀월 관계에 돌입했다는 정보가 있습니다."

"뭐라? 그럴 리가 없을 텐데······."

"최소한 확인은 필요합니다."

"내가 직접 알아보겠네. 대사를 도모하기 전에 배후를 안정되게 도모하는 것은 기본이니 겸사겸사 나들이를 나가 봄세."

그가 직접 움직이겠다는 말에 고마움을 느꼈다.

그게 다 자식들과 소이치로의 부담을 덜어 주기 위한 행보였기 때문이다. 일단 감사를 표했지만 그건 그렇게 간단하게 해결될 사안은 아닐 것이다.

이미 자본을 통해 미얀마에 깊숙이 파고든 중국은 굳이 분란을 일으키지는 않겠지만 차후 제 뜻대로 돌아가지 않을 경우를 대비해 국경 지역인 카친과 샨 주를 포섭하기 시작했다.

그런데 샨족은 어림도 없었으나 카친족은 이미 그들이 던져 준 자본의 수렁에 깊이 빠져 헤어나기 어려울 것이라는 윤원호의 정세 판단이 있었다.

물론 북부에 절대적인 영향력을 가진 우 싸우가 직접 나서면 상황은 달라질 수도 있을지 모른다. 때문에 소이치로도 기대감을 가지고 필요한 정보를 제공해 드리기로 했다.

"쿤디. 오늘은 무척 피곤하실 테니 구체적인 논의는 내일부터 시작하시는 게 어떻겠습니까?"

"그게 좋겠습니다. 허기가 지는데 밥은 안 주십니까?"

"아! 미안합니다. 준비가 되었다니 바로 가시죠."

미얀마 음식은 입에 맞지 않을 것이라고 생각했다.

하지만 그 또한 편견이었다.

잔치라도 벌이는 것처럼 통돼지 바비큐가 돌아가고 있었고 쉬이 손이 가지 않던 음식들 중에 맛이 없는 것은 없었다.

집안에서 손수 담근 전통주를 내놨는데, 그것도 입에 착착 붙었다. 이날은 소이치로도 작정하고 친교의 시간을 가졌다.

16명의 형제자매 중에 5명을 제외한 11명의 인사와 일일이 인사 나누며 각각의 특성을 파악하는 일은 절대 쉽지 않을 것이라고 생각했다.

그런데 능력이 상승하면서 머리까지 좋아졌는지, 한 번 보고들은 것들이 모두 뇌리에 생생이 새겨지는 느낌을 받았다.

"형제가 많은 게 이렇게 부러운 일인지 몰랐어."

"다 그렇지는 않아요."

"그런가? 하지만 이 집안을 좀 보라고. 이들이 하나로 뭉치면 나라도 세울 것 같지 않아?"

"지금 그걸 하려는 거잖아요."

"그렇긴 하네. 하하하!"

"부러우시면 보스도 어서 재혼부터 하세요."

"연 대리!"

"지금부터 부지런히 낳아도 농구팀 하나 만들기 어려운 나이가 되고 있으세요."

"아! 정말 왜 그래!"

전생에 여동생 둘, 이번 생에 한 명을 더 얻어 셋이 되었는데, 그것도 적은 게 아니라는 부담감을 가졌었다.

하지만 우 싸우 가문을 보며 여러 생각이 겹쳤다.

차논은 불행했던 과거를 책임지기에 바쁜 나날을 살고 있다. 돈이 많고 능력이 넘쳐도 핏줄은 손녀 둘뿐이니 그 여력을 좋은 일에 쓸 수밖에 없다는 생각도 들었다.

자신은 이미 소정과 현우가 있지만 하루카를 잃으면서 받은 상처가 컸던 탓에 최근 아이들과 통화하는 것도 꺼렸다.

그런데 오늘 아이를 많이 낳고 싶다는 욕심이 들었다. 물론 연이채가 지적했듯이 이미 서른둘이 되고 있으니 다복한 가정을 꾸리는 일은 노력해도 쉬울 것 같지는 않았다.

하지만 사고 이후 처음으로 새로운 가정에 대한 생각을 한 셈인데, 생각만큼 강한 죄책감에 휩싸이지 않는 자신을 어떻게 인지해야 할지 답을 구하지 못했다.

"일단 양곤에 SSL 미얀마 법인을 세울 겁니다."

"말씀하셨던 작전의 진행은요?"

"급할 게 뭐가 있습니까. 일단 두루 신임을 얻을 필요가 있어 회사를 설립하면 여기저기 기름칠부터 열심히 할 겁니다. 어디에 얼마나 써야 하는지 코치해 주십시오."

"쿤디!"

"하하하! 의심부터 걷어 내야 합니다. 그래야 피앙의 약혼 만찬에 자연스럽게 초대받을 수 있을 것 아닙니까! 그래야 돼지를 잡을 수 있을 것이고."

구체적인 논의는 그때부터였다.

하지만 개략적인 밑그림은 이미 그려진 상황이었다.

아무 연줄도 없이 최고 권력자를 제거하는 것은 위험부담이 너무 크다는 판단에 피앙을 활용하는 계책이 나쁘지 않다고 판단했다.

다만 그전에 자연스럽게 얼굴을 익힐 기반이라도 닦아 둬야 한다는 생각에 법인부터 설립하려는 것이었다.

그 외에도 논의할 사안이 많았지만 소이치로는 개략적인 맥락만 교환했을 뿐, 서두르지 않고 서서히 가기로 했다.

"형제분 중에서 두 사람을 지원해 주십시오."

"쿤디. 그전에 서로 합의할 것이 있지 않나요?"

"무슨 말씀이신지는 알겠는데, 아직은 때가 아닙니다. SSL 지분에 관여한 사실이 드러나면 괜한 오해를 살 수도 있지 않을까요?"

"그렇다면 이면 계약이라도……."

"마빈. 제 양부와 숙부님처럼 진심에서 우러나는 신뢰가 바람직하다고 생각합니다. 문서나 사인을 원한다면 그리 하죠."

"아, 아닙니다. 제가 너무 얄팍했네요."

책임을 맡은 자로서는 근거를 남기는 것이 바람직하다.

하지만 소이치로는 그에게 보다 주인 의식을 가질 필요가 있음을 강변했다. 어차피 부친에게 전권을 이임 받았다면 그로써 충분하다는 자신감도 필요하다.

그 부분에 대한 공감이 우선되자 비로소 자신의 복안을 밝혔다. 현재 군부가 장악하고 있는 사업 중에서 비효율적인 몇 개 부문을 민영화할 것이며 그 안에 답이 있음을 밝혔다.

물론 지금은 그런 힘이 없지만 그걸 주도적으로 해낼 수 있는 상황이 되면 그때 구체적인 합의를 해도 늦지 않다고 밝혔다.

"아! 이제야 막막했던 시야가 확 트입니다. 대체 그런 생각은 어떻게 하시는 겁니까?"

"사람은 자주 쓰는 능력 위주로 개발되고 익숙해지기 때문일 겁니다. 지금까지 총사는 주로 관리자 역할을 해 왔으니 창의적인 사고보다는 합리적인 분석과 평가에 뛰어날 수밖에 없지 않을까요?"

"그렇군요. 참, 누굴 데려가시겠습니까?"

"민훼와 낫을 데려가고 싶습니다. 머리가 좋고 대기업 근무 경력이 있는 민훼는 인사 업무, 성격이 원만하고 인상이 좋은 낫은 대관 업무를 맡게 될 겁니다."

"오호! 벌써 그 녀석들의 능력치를 다 파악하신 겁니까?"

"필요하다면 태국 연수도 시킬 생각이지만 굳이 그 정도는 아니라고 판단하고 있습니다. 중요한 것은 배우려는 자세라는 것을 주지시켜 보내 주시면 고맙겠습니다."

"하하하! 그리하죠."

갓 서른을 넘긴 젊은 형제보다는 보다 노련하고 경험도 많은 인재를 염두에 뒀던 것 같았다. 하지만 소이치로는 그들이 가진 것은 경험이 아니라 선입견과 편견이라고 판단했다.

그래서 일단은 외국에서 공부한 젊은 둘을 먼저 점찍었다. 가급적 많은 인재를 활용할 구상이 있음도 밝혔다.

그런데 불길한 예감은 어째서 한 번도 빗나가지 않는지,

마무리가 되는 싶던 상황에 마빈이 우려했던 부탁을 추가했다.

"피앙을 가까이 두시는 것은 어떻겠습니까?"

"나쁘지 않죠. 하지만 지금은 저랑 엮이는 게 좋을 리 없지 않을까요? 홀아비에 외모도 제법 괜찮은 외국 남자, 누구라도 반가울 리 없을 겁니다."

"아! 그렇겠군요. 하지만 피앙이 현재 양곤에서 공부를 하고 있고 그놈도 그곳까지 따라 내려간다고 하니 걱정이 앞서서 그럽니다. 민훼에게 부탁을 해야겠군요."

"그게 무슨 말입니까?"

"민 아웅 대장의 장남인 파오 대령은 육군대학의 교수를 겸하고 있는데, 양곤대학에 교환교수로 내려간다고 해서요."

이건 정략결혼도 아니다.

파오라는 놈은 부친의 권력을 등에 업고 온갖 잡스러운 짓은 다하고 다니는데, 특히 여성 편력은 상상을 초월했다.

그 몇 가닥을 들어 봤는데, 과거의 소이치로는 비교의 대상도 아닌 개망나니였다. 그런 잡놈이 피앙을 노골적으로 요구한다는 것 자체가 우 싸우 가문의 치욕이었다.

미얀마라고 후처를 들이는 게 합법일 리가 없다.

그런데도 손에 꼽히는 명문가의 딸 파잉을 요구하고 있

으며 응답이 없자 가까이 가려고 수작까지 부린다는 말에 이게 절대 가벼운 사안이 아니라는 것에 동의하지 않을 수 없었다.

"전체 작전의 일정을 앞당겨야겠군요."

"아웅 장군과 측근들을 단번에 잡으려면 최소한 약혼식 같은 행사를 치러야 할 것 같은데, 워낙 부담스러운 일이라서……."

"피앙을 그런 잡놈에게 보낼 수는 없습니다. 저도 각별히 신경을 쓰겠습니다."

"고맙습니다. 쿤디."

놈이 어떤 짓을 할지 예측하기 힘들어 따능을 활용하기로 했다. 세련된 외모와 실력을 갖춘 태국인이며 나름 강단도 있고 제 몸을 지킬 수 있는 무력도 갖추고 있다.

어차피 양곤에 머물며 미얀마 법인 설립을 책임지기로 했기 때문에 피앙과 함께 머물며 도와주는 것이 가능했던 것이다.

또한 마빈이 추천할 만큼 똑똑한 여동생이라서 상호 보완하는 역할도 자연스럽게 이뤄질 것 같아 이래저래 괜찮은 선택이었다.

"그냥 태국으로 넘어가신다고요?"

"응. 여기 일이 중요하다는 것은 알지만 여건이 조성될 때까지 내가 계속 붙어 있을 수는 없잖아. 갑자기 날 찾는 사람이 많아져서 일단은 다녀와야 할 것 같아."

"알았어요. 이곳 일은 제가 빈틈없이 추진할게요. 그리고 특이 상황이 발생하면 바로 연락드릴게요."

"오케이. 준비가 끝나면 연락하고 피앙에게 신경 좀 써줘."

"보스. 제가 볼 때, 피앙은 절대 만만한 여자가 아니에요."

"그게 무슨 소리야?"

"파오라는 놈이 어떤 특별한 힘을 지녔는지 모르지만 피앙을 당해 내기가 쉽지 않을 거라고요. 연약해 보여도 가볍게 자빠뜨릴 수 있는 여자가 아니에요!"

"으흐! 따능."

거침없는 표현에 놀라긴 했어도 따능은 매우 중요한 포인트를 언급했다. 마빈도 그와 비슷한 언급을 하긴 했었다.

워낙 여려 보여 믿기지 않았는데, 따능까지 알아본 독특한 능력을 자신은 확인할 수 없었던 것이 안타까울 뿐, 한층 마음이 놓였다.

우 싸우도 말은 하지 않았지만 느지막이 낳은 막내딸에 대한 애정이 대단하다고 들었다. 그런데 그녀를 미끼로 위험한 작전을 구상하는 것에 대해 이의를 제기하지 않았다.

믿는 바가 있다는 의미였다.

그렇게 사뭇송크람 SSL 본부로 복귀했다.

"보스. 성아영이 기다리고 있어요."

"벌써?"

"네. 11시에 오라고 했는데, 10시부터 저렇게 죽치고 있는 걸 보면 뭐가 일이 틀어진 것 같아요."

"오케이. 시원한 놈남풍 좀 부탁해."

"네. 준비해서 저도 같이 들어갈게요."

"굿."

일단 성아영과의 첫 번째 협력은 뜨거운 반향을 일으켰다.

현대그룹은 태국 진출을 최대한 늦추고 있었다. 일본의 동남아 생산 거점임을 인정했기 때문인데, 지난 의료봉사가 태국 언론에 전격 소개되면서 기업 이미지가 급격히 상승한 것이다.

안 그래도 한국에 대한 세계적인 인식이 좋아지고 있던 터라 불난 집에 기름을 부은 셈이 된 것이다. 한국과 밀접한 연관이 있는 SSL도 함께 조명되면서 기대 이상의 광고 효과를 봤는데, 문제는 그게 현대자동차그룹을 자극한 것 같았다.

"장 회장이 태국 진출을 천명했다고 해요!"

"축하할 일이군요."

"괜찮겠어요?"

"아무래도 영향을 받겠죠. 하지만 전 아무래도 좋습니다."

"그럴 리가요!"

성아영의 판단은 틀리지 않았다.

현대기아차의 품질과 미래성장 가치는 태국 자동차 시장을 양분하고 있는 도요타와 혼다에 비해도 뒤쳐지지 않는다.

SSL 모터스가 닛산의 싸구려 이미지를 벗고 그들과 건곤일척의 승부를 보려는 시점에 현대기아차가 진출한다면 다들 힘들어지겠지만 SSL도 적잖은 영향을 받을 게 뻔했다.

자동차부품 허브를 조성하려는 성아영 입장에서는 나쁠 게 없을 것 같은데, 그녀가 오히려 소 대표보다 더 긴장한 기색을 보였다.

"어째서 괜찮다는 거죠?"

"최소한 떨거지들은 정리할 수가 있을 테니까요."

"떨거지라면 미쓰비시, 스즈키, 마츠다, 이스즈 같은 시장 점유가 떨어지는 메이커들 말인가요?"

"네. 춘추전국시대가 열리겠군요."

"SSL도 그 떨거지에 포함되지 말라는 법이라도 있나요?"

"네! 우린 태국 유일의 국산 메이커이기 때문입니다. 굳이 그걸 강조하고 싶지는 않았지만 판이 어지러워지면 현대기아차가 그래 왔듯이 우리도 애국 마케팅을 할 수밖에 없죠."

"그럼 이참에 장 회장을 만나 담판을 짓는 건 어때요?"

"만나는 준답니까?"

"소 대표에 대한 관심은 기대 이상이죠. 제가 요즘 태국을 드나든다는 것은 알고 있는 그가 은근히 원하는 그림이기도 해요."

"그럼 LA 모터쇼에 자리를 한 번 마련해 보십시오."

"다음 달인데, 벌써 새 모델 라인이 나온 건가요?"

소 대표는 싱긋 웃을 뿐이었다.

프로젝트 일정이 빠듯하기 때문이다.

하지만 그 기회를 잘 살리기 위해 연이채를 비롯한 연구진들이 밤을 낮 삼아 피치를 끌어올리고 있다.

때문에 확답은 하지 않았다.

그리고 현대자동차의 갑작스러운 운신으로 인해 불안해하는 그녀에게 오히려 적극적인 사업 개시를 종용했다.

"위기가 오히려 기회일 수 있습니다."

"그 말은 지금 이 상황인 줄 알면서도 합자회사를 세우자는 건가요?"

"어찌되었든 수요가 더 생긴 것이지 않습니까? 중요한 포인트는 기존 메이커와의 연계성을 줄여 그 어느 회사든 자유롭게 계약할 수 있는 중립적인 법인을 세우는 겁니다."

"현대기아차와 SSL은 깔고 가야죠!"

"그건 당연합니다. 하지만 굳이 그걸 강조해 더 많은 수요를 잃을 필요는 없습니다. 새롭게 만들 회사는 무엇이든 원하는 부품을 최고 품질로 공급하는 글로벌 부품회사가 되어야 합니다."

내연기관자동차에서 전기수소자동차로 전환되면 자동차 제작 공정이 이전보다 훨씬 단순화되기 때문에 시장의 판도가 바뀔 것이다.

자동차는 기술의 장벽이 두터워 아무나 진출할 수 없었다. 하지만 부품의 수가 3분의 1로 줄어들고 핵심 기술의 전환이 이뤄지면서 애플과 같이 자동차와 전혀 연관이 없는 기업도 시장에 뛰어드는 기현상이 일어나고 있다.

그로 인해 알량한 기술만 믿고 있던 수많은 군소 자동차 기업이 도산하거나 오히려 공룡 기업의 하청 회사로 전락할 가능성이 높아지고 있다.

그런 경향이 가속화될 경우, 연구개발과 생산이 분리될 가능성도 점쳐진다.

"반도체 파운더리 회사처럼 부품만 생산하는 전문 기업이 생길 수 있다는 거군요."

"그렇습니다. 종속적인 기존 질서가 무너지고 수평적인 협력으로 역할의 분담이 이뤄지는 거죠. 벤츠, BMW, 현대기아차처럼 개발과 생산을 모두 관장하는 기업도 있지만 반도체설계 전문기업처럼 연구개발에만 집중하고 생산은 전문기업에 맡겨 리스크를 줄이는 기업의 형태도 나타날 겁니다."

"대박이네요!"

일단 성아영이 현대기아차, 소이치로가 SSL을 기본으로 깔고 갈 것이다. 하지만 배타적인 경영이 아닌 상호 협력과 보완을 모토로 내세워 다양한 회사와 연계하는 그림이었다.

실패할 가능성도 없지 않지만 그 관건은 결국 제품의 품질과 단가가 될 것이다. 일단 노동력이 저렴한 동남아에 거점을 보유하고 있기 때문에 남은 것은 품질을 확보하는 것이다.

그런데 둘 다 그 부분에는 자신이 있었다.

그러니 대박일 수밖에.

"좋아요. 시작하죠!"

"실리완. 준비한 자료를 화면에 띄워 보세요."

"뭐에요! 벌써 준비를 다 해 둔 건가요?"

"일단은 한 번 보시죠. 닛산의 사뭇쁘라깐 제1공단을 기반으로 밑그림을 그려 본 것입니다."

"아! 닛산……."

닛산은 태국 내에 2개의 자동차조립생산 공장과 R&D센터를 운영 중이었다. 위치한 사뭇쁘라깐은 수완나폼 공항과 가깝고 항구도 매우 가까워 오히려 사뭇송크람보다 좋았다.

시설이 더 좋은 제2공단과 연구개발 센터는 그대로 유지하고 낙후된 제1공단을 새롭게 시작할 부품생산 기지로 활용하기로 결정했던 것이다.

근처에 자동차 산업공단들이 즐비한 것도 장점이었다. 협력의 대상이 아니라 곧 망해 자빠지면 인수 확장이 수월할 것이라는 실리완의 설명에 성아영은 웃음을 참지 못했다.

"현재 동부경제회랑에 속한 지역 중에서 닛산의 위치가 가장 좋았다는 사실이 우리에게는 큰 장점이 되는 거군요."

"그렇습니다. 한 가지 단점이 확장성인데, 일단은 주변에 인수 가능한 공장이 많고 여차하면 인접한 차층사오에 어르신의 땅이 적잖아서 자동차부품 허브로 안성맞춤입니다."

"좋겠어요. 현물이 많아서."

"하하하! 그거 믿고 저랑 같이 하자는 거 아니었습니까?"

"그건 그렇죠. 일단 1차로 얼마나 준비해야 할까요?"

"그 결정은 본인이 하셔야죠."

"제가요?"

"전 거기에 힘을 쏟을 여력이 없습니다. 성 이사장께서 이제 더는 뒤에 숨지 말고 전면에 나서서 직접 경영을 하실 때가 되었다고 생각합니다."

성아영은 미처 거기까지는 생각하지 못했던 것 같다.

하지만 아무리 생각해 보고 찾아봐도 그녀보다 나은 적임자는 없었다. 이번 합자를 기화로 그녀와의 관계도 안정적으로 가져갈 필요가 있다고 판단했다.

잠시 번민하던 그녀의 입가에 미소가 번지는 데 걸린 시간은 길지 않았다. 소이치로가 먼저 신뢰를 보였기 때문이다.

외국인인 그녀가 보유할 수 있는 지분의 한계는 49%다. 고로 최대주주는 소이치로가 될 수밖에 없다. 기본적으로 걱정할 이유가 없다는 것을 알기에 과감히 던질 수 있었다.

"후우! 숨지 말라는 그 말, 책임도 져야 한다는 거 알죠?"

"기꺼이! 어쩌면 지금 이 결정이 이사장님을 가장 안전하게 지켜 줄 수 있는 바람직한 길인지도 모릅니다."

"눈에 보이지 않으면 안심은 하겠네요. 호호호!"

"겉치레만 하지 말고 이번 기회에 다 정리하십시오. 한국에 미련을 남지 않게 다 털어 버리시길 바랍니다."

"소 대표!"

"태생이 어디 가는 것도 아니고 더 넓은 무대가 우릴 기다리고 있는데, 비좁은 한국에 집착할 필요가 있을까요?"

소이치로가 매우 중요한 포인트를 언급했다.

성아영은 아직 그런 시야를 가져 본 적이 없기 때문이다. 하지만 현대자동차그룹의 지배 구조는 이미 탄탄하다. 아무리 그녀가 대단해도 정씨가 아닌 한계는 분명하다.

끼칠 수 있는 영향력에는 한계가 있을 수밖에 없는데도 불구하고 자꾸 정 회장의 신경을 건드릴 만한 활동이 눈에 띄어 은근히 견제를 받는 입장에 처하고 말았다.

본인도 그걸 잘 알고 있어서 작은 꼬투리도 잡히지 않으려고 노력하는데, 그 부담감이 의외로 커서 본의 아니게 신경이 날카로워지고 민감한 성격으로 변하고 있었던 것이다.

"혹시 지금 저를 걱정해 주시는 건가요?"

"보석은 아무리 깊이 감춰도 그 찬연한 빛이 결국 세상에 드러나게 마련입니다."

"호호호! 보석이라고요?"

"네. 보석이죠. 그대는! 보석은 그 가치를 인정해 주는 사람에게만 의미가 있는 겁니다. 눈치를 보고 애써 마음까지 감춰야 하는 그런 답답한 상황이 당신의 성격마저 음울하게 만드는 것 같아 정말 안타깝습니다!"

당사자를 앞에 두고 입에 담기 거북한 표현까지 사용했다.

하지만 거짓말은 아니었다. 그녀를 보면 걱정스러웠다. 탁월한 능력을 가지고도 마음껏 펼치지 못하는 상황도 그러했거니와 자칫 비뚤어진 방향으로 틀어지는 것도 염려스러웠다.

때문에 이젠 한국에서 이룬 것들에 대한 미련을 모두 털어 버리고 자신과 함께 세계를 향해 훨훨 날자고 제안한 것이다.

하지만 기분 좋은 미소를 띤 그녀는 쉽게 대답을 하진 않았다. 그런 호평을 받은 것만으로 기분이 좋았던 것일까?

깊이 생각해 보겠다는 대답만 남겼다.

* * *

"성아영을 책임자로 세우신 것은 의외였어요."

"왜?"

"끝까지 속내를 숨기잖아요."

"신뢰가 가질 않는다는 건가?"

"네. 그리고 보스가 먼저 손을 내밀었는데, 그걸 잡지 않은 사람은 처음 봤어요."

"그래서 대단한 거지. 최소한 딴마음을 품지는 않을 거야."

"그걸 어떻게 확신하시죠?"

대답이 궁했다.

객관적인 증거는 없었으니까.

하지만 소이치로는 느낄 수 있었다. 성아영이 자신과의 만남과 함께 만들어 갈 미래에 대한 기대가 크다는 것을.

그녀는 뛰어난 능력으로 인해 오히려 개인의 삶은 피폐하다고 보는 것이 적절했다. 부모님은 어려서부터 성아영을 철저히 남동생의 보좌역으로 키웠다.

비록 정씨는 아니었지만 왕회장이 일선에서 물러난 뒤에 벌어진 형제의 난을 경험하며 실력만 갖추면 딸이라도 대권을 쥘 수 있을 것이라고 믿은 모친의 영향을 많이 받았다.

"야망이 큰 여성이야."

"그런 것 같아요. 하지만 터무니없는 꿈이죠."

"그렇지. 철이 든 이후 성아영은 부모님을 설득해 이해 시켰고 남동생을 꼭두각시로 만드는 데 성공했지만, 모친 의 야망을 물려받았던 것 같아."

"과욕을 부리다 다 잃을 수도 있잖아요."

"그렇지. 그것도 알고 있었을 거야. 때문에 태국에서 다 시 새 출발을 하는 게 의미가 있는 것일 테고."

"그런데 왜 망설이죠?"

"우리가 생각하는 것보다 훨씬 많은 것을 쥐고 있다는 거지. 한꺼번에 정리하기 힘들 정도로."

현대가를 모두 집어 삼킬 궁리를 하며 살았다.

그녀의 입장이 되어 재고해 본다면 그녀는 반 현대자동 차 연합을 획책했을 가능성이 높다.

중공업, 백화점, 그리고 이제 중소기업으로 하락하고 만 현대그룹까지 연합함으로써 절대권좌를 휘두르고 있는 자 동차그룹과 건곤일척의 승부를 겨룰 대비를 했을지도 모른 다.

그냥 자신이 손을 씻는다고 정리될 수 있는 입장이 아닐 수도 있다는 것이다. 그래서 시간을 줘야 한다고 판단했다.

"저희와 무관한 독립 법인의 형태를 취하는 게 반드시

이득이라고 볼 수는 없지 않나요?"

"리스크의 분산 효과도 있잖아. 아직은 통제 가능하지만 지금의 각 계열사들이 성과를 내기 시작하면 우리가 통제하기 힘들 정도로 덩치가 커질지도 몰라."

"그러니까 이제 더는 문어발식 확장은 하지 마세요."

"문어발식 확장? 그 정도는 아니라고 봤는데, 내 착각인가?"

"기간만 두고 보면 변명의 여지가 없죠. 여하튼 이제부터라도 확장보다는 내실을 꾀하는 방향으로 가야 할 것 같아요."

* * *

- 어? 뭐죠?

- 등번호 88번이면 한국 선수로군요. 이름이 현우 박!

- 언제 콜 업이 된 거죠? 분명 어제까지는 없었는데!

- 오늘 올라온 것 같습니다. 좌완 셋업맨 팀 힐이 60일 부상자 명단에 등재되었으니 좌완 투수를 보완한 것 같습니다.

- 아무리 좌완이 급해도 그렇죠, 2점 차 리드에 주자까지 나간 마당에 저렇게 어린 투수를 투입하다니! 전 제이

스 감독의 의중을 도무지 이해할 수가 없네요!

　시즌을 개막한 지 한 달도 지나지 않았다.

　우승 후보로 언급되던 SD는 4월 30일 현재 14승 12패로 지구 3위를 기록하며 이런 저런 말이 많은 시기였다.

　특히 지구 2위로 선방하고 있는 샌프란시스코를 홈으로 불러들여 3연전을 시작하는 첫 경기는 중요할 수밖에 없었다.

　선발투수 다르빗슈가 6회 1사까지 1점만 허용하며 3:1의 리드를 지키고 있는 상황에서 갑작스러운 제구 난조를 보이며 볼넷을 내주자 감독이 직접 마운드에 올라 공을 넘겨받았다.

　승리를 지키기 위해 특급 계투가 필요한 시점이건만 불펜에서 뛰어나오는 어린 선수의 낯선 모습은 모두를 어리둥절하게 만들기 충분했다.

인생 2막,
섬나라 재벌로!

68. 불필요한 욕망

인생 2막,
섬나라 재벌로!

"우. 긴장하지 말고 편안하게 던져."

"네. 주자를 쌓지 않도록 집중하겠습니다."

"좋아. 네 칼 같은 제구력이 실전에서도 통하는지 보자
고."

"보여 드리겠습니다."

보통 아시아 선수는 의사소통 때문에 적응에 애를 먹는
다. 하지만 현우는 외국인이라는 느낌이 들지 않았다.

어려서부터 미국 유학길에 오른 덕분이었다.

문제는 자신에게 쏟아지고 있는 의심의 눈초리뿐만이 아
니었다. 감독도 투수코치의 추천을 받아들이긴 했어도 완

벽한 신뢰는 아직 형성된 것 같지 않았다.

이 중요한 시점에 메이저리그에 데뷔하는 투수를 올렸다가 실패할 경우, 적잖은 비난을 받을 가능성이 높아 안타라도 맞으면 바로 교체할 의중을 감추지 않은 투였다.

팬들은 물론 벤치에 앉은 선발투수 다르빗슈의 표정도 밝지는 않았다. 게다가 몇 개의 연습 투구를 던지는데, 전광판에 찍힌 구속이 사람들의 불안감을 가중시키기에 충분했다.

- 지금 포심을 던지는 거 아닌가요?
- 맞습니다. 젊은 투수치고는 구속이 너무 낮군요. 90마일이면 조금만 밋밋해도 통타를 당할 텐데……. 하지만 지금 확인한 마이너리그 성적을 보면 믿기지가 않습니다.
- 어떤데 그러십니까?
- 많이 던지지는 않았지만 지난 시즌 96이닝을 던져 9실점을 했는데, 그중에 자책점은 단 4점뿐, ERA가 0.375입니다.
- 아티스트 박!

캐스터의 입에서 현우의 닉네임이 튀어나오자 그제야 중계방송을 보던 팬들도 고개를 끄덕였다. 현우는 이미 메이저리그 전체 투수 유망주 톱 5에 포함되는 투수였다.

다만 메이저리그 데뷔가 없어 얼굴을 알아보지 못했을 뿐, 올 시즌도 AAA에서 19이닝 동안 1실점만 내주는 짠물 피칭으로 왜 콜 업을 하지 않는지 의문인 유망주였다.

그렇다면 현우의 얼굴도 못 알아본 중계진의 실수라고 보는 것이 더 적절했다. 아무리 메이저리그만 중계해도 팀 내 최고 투수 유망주라면 관심을 가지고 확인했어야 옳다.

스프링캠프에서도 검증을 마쳤으나 오로지 짬밥에 밀려 AAA로 내려갔을 뿐, 언제든 데뷔해도 이상하지 않을 투수였기 때문이다.

- 드디어 예술 같다는 그의 커맨드를 볼 수 있는 겁니까?

- 그러게요. 제가 마이너 구장을 찾지는 않지만 스프링캠프는 상당히 자주 갔었는데, 이상하게도 제가 간 날에는 그가 보이지 않더군요.

- 하하하! 저도 괜히 미안하긴 한데, 피칭을 직접 본 느낌은 솔직히 소문처럼 대단해 보이지는 않습니다.

- 자! 이제 타자가 타석에 들어섰습니다. 백 마디 말보다 직접 보면 되죠. 하하하!

도대체 어떤 공을 던질지 집중하고 바라봤는데 결과는 너무도 허망했다. 왜냐면 85마일 초구에 타자의 배트가 여지없이 돌아갔는데, 바깥쪽 아래로 흘러 내려가는 슬라이더를 억지로 맞추려다 투수 앞 땅볼에 그쳤기 때문이다.

침착하게 공을 잡은 현우가 2루로 던져 1-4-3 더블플레이를 완성하면서 위기가 언제였냐는 듯 끝내 버렸기 때문이다.

1루 송구를 커버하려고 달려가던 현우가 바로 더그아웃으로 걸어갔는데, 이게 웬일인가?

극적인 데뷔를 성공적으로 마쳤는데, 아무도 호응을 해주지 않고 딴전을 피웠던 것이다. 하지만 현우는 눈치채고 있었다.

장난이라는 것을.

그렇다면.

"이봐! 너 어디 가?"

"우리 팀 더그아웃에 가려고요."

"뭐? 하하하! 안 되겠어. 우리가 졌어!"

현우가 상대팀 더그아웃으로 걸어가는 것을 보자 장난을 주도했던 매니 마차도가 항복을 선언하며 달려 나와 하이파이브를 청했다.

그 뒤로 위기를 넘긴 것이 가장 기쁜 다르빗슈도 다가와

포옹하며 성공적인 데뷔를 축하해 줬다.

하지만 모두 다 그런 분위기는 아니었다. 결과는 최상이 었지만 아직 실력을 검증받았다고 말하기에는 투구 수가 너무 적었기 때문이었다.

그러나 그런 자들도 7회에 마운드에 오른 현우의 투구를 지켜보면서 다들 손가락을 추켜세웠다.

"슬라이더가 기가 막히지 않습니까?"

"체인지업과의 밸런스가 좋군요."

"허를 찌르는 볼 배합도 기가 막히지만 제구력은 정말 환상이죠. 대체 누구 아들입니까?"

"흐흐흐……."

소이치로도 거실에서 그 경기를 관람했다.

애초에는 안승태 사장과 둘만 몰래 볼 생각이었는데, 윤 원호가 와인을 들고 찾아왔고 급기야 연이채까지 합류했 다.

비밀을 아는 이들이 다 모인 셈인데, 그래도 소이치로는 사실을 입에 담지 않았다. 굳이 말하지 않아도 가슴이 뻐 근할 정도로 자랑스러웠기 때문이다.

첫 타자는 초구 바깥쪽 꽉 찬 91마일 포심으로 스트라 이크를 잡더니 2구는 헛스윙을 유도했다. 타자 눈에는 같 은 공처럼 보였지만 고속 슬라이더의 궤적은 배트와 한참 멀었다.

그리고 던진 84마일 체인지업에 삼진.

- 91마일 포심, 87마일 슬라이더, 그리고 84마일 체인
지업! 그게 다 바깥쪽으로 형성되었다는 것이 중요하죠?

- 그렇습니다. 타자는 초구를 놓친 것이 안타깝겠지만
2, 3구는 맞췄어도 안타를 만들어 낼 수 없는 공이었습니
다. 첫 타자는 절대 내보낼 수 없다는 강력한 의지의 표명
이죠.

- 제구가 예술적이라더니, 같은 한국 출신인 류현진 선
수를 빼다 박은 것 같지 않습니까?

- 저런 컨트롤을 갓 스물을 넘긴 젊은 투수가 보여 준다
는 것은 참 대단하고 신기한 일입니다. 스트라이크 존을
벗어난 공들도 타자가 속을 수밖에 없는 궤적이었다는 겁
니다.

중계진은 커맨드에 대해 칭찬을 아끼지 않았는데, 그 대
화가 무색한 상황이 펼쳐지고 말았다.

7회 1사 타자와의 승부에서 초구 낙차 큰 커브로 가볍
게 원 낫싱을 만든 투수가 2구에 몸 쪽 꽉 찬 패스트볼을
과감하게 던졌는데, 다들 전광판에 찍힌 숫자에 어리둥절

했다.

왜냐면 지금까지 현우가 마이너리그 경기에서 보였던 최고 구속이 92마일인데, 지금 94마일이 찍혔기 때문이었다.

- 방금 전 공의 궤적 보셨나요?
- 네, 포심이 아니라 역회전 투심이었습니다.
- 그런데 어떻게 94마일이 찍히죠?
- 가끔 투심도 포심과 비슷한 구속이 나오는 투수들이 있습니다. 그래도 실전에서 최고 구속을 갱신한다는 것은 좀 이상하긴 하네요.
- 더 빠른 공을 던질 수 있는데, 안 던지는 경우도 있나요?
- 에이! 그건 말이 되지 않습니다. 다들 빅 리그 데뷔를 위해 없는 힘도 짜내 구속을 올리는 게 마이너리거인데……. 그런데 구속이 낮아도 타자를 쉽게 요리할 수 있다면…….

해설가 브라운은 명쾌한 해설로 이름이 높다.

빅 리그 투수 출신으로서 자신의 경험과 전문적인 지식까지 겸비한 그는 지금처럼 애매한 표현을 사용한 적이 없다.

한 번도 고려해 본 적이 없는 상황을 유추해야만 했기 때문이었다. 실제로 젊은 투수들은 구속 1마일을 올리려고 사생결단을 하듯이 달려든다.

　일단 공이 빨라야 코치진의 관심을 받을 수 있기 때문이다. 하지만 현우는 그런 구속이 없이도 여기까지 올라왔다.

　부드럽고 일관된 투구 폼을 가진 현우는 빠른 공이 없어도 얼마든지 타자를 요리할 수 있는 기교를 보유했다.

　그런데 최고 구속을 3, 4마일 더 올릴 수 있다면 그건 괴물의 탄생을 알리는 전주곡이 될 것이라는 생각이 그의 뇌리를 스쳤기 때문이었다.

　파앙!

　- 와우! 대체 이건 또 뭐죠? 우리가 가진 데이터가 잘못된 겁니까?

　- 96마일입니다. 96마일.

　- 그러니까요! 라이징 패스트볼로 헛스윙 삼진을 만들어 버렸습니다. 구속은 낮지만 구종이 다양하고 볼 배합이 좋다고 하더니 그게 아니지 않습니까!

　- 나중에 구질을 더 분석해 봐야겠지만 로케이션도 아주 좋아 보였습니다. 커맨드도 좋은데, 이런 구속까지 갖췄다면 선발 한 자리를 내줘야 하는 거 아닌가요?

6회를 공 하나로 막더니 7회는 공 9개로 세 타자를 모두 삼진으로 돌려세웠다. 특히 7회 1사후 보여 준 힘찬 패스트볼은 매우 강렬했으며 마지막 카운트는 다시 커브, 슬라이더, 커브로 타자를 완전히 농락하는 절정의 기량을 선보였다.

이날 경기는 결국 4:1로 승리했는데, 6,1이닝을 1실점으로 막은 다르빗슈나 홈런과 결승타점을 날린 타티스도 아닌 아티스트 박이 기사의 헤드라인을 장식했다.

[20세 3개월 4일. SD의 투수 유망주 아티스트 박, 첫 홀드]

[다양한 구종, 완벽한 제구로 아티스트라는 닉네임을 얻은 현우 박, 그는 96마일 강속구도 던질 수 있는 투수였다.]

[왜 그는 구속을 감췄을까? 굳이 필요치 않았던 걸까?]

"저에요. 아저씨."

"수고했다."

"거긴 새벽이죠?"

"그래. 6시 20분이야. 네 누나는?"

"누나는 제가 오늘 등판한 지도 몰랐을 거예요. 불펜투

수는 어쩔 수가 없어요."

"선발 로테이션에 들어가고 싶은 거냐?"

"네. 그래야 편하게 정해진 일정에 따라 시간을 활용할수 있어요. 하지만 빈틈이 없어 열심히 하는 수밖에 없는것 같아요."

"그래. 하다 보면 공백이 생길 게다. 그건 그렇고 계약부터 새로 해야지."

"안 실장님을 보내 주세요."

"왜?"

"계약은 안 실장님이 빈틈없이 해 주실 것 같아서요."

"하하하! 난 또. 안 사장님이 얼마나 바쁜데 네 계약을챙겨. 그러지 말고 이참에 제대로 된 에이전트를 알아보마."

처음 계약할 때만 해도 그야말로 눈물 젖은 빵이었다.

경력도 없고 데이터도 없는 선수를 대학팀 코치가 추천했고 제법 공을 던질 줄 알아도 마이너리그 계약은 겨우먹고 살 수 있을 보장밖에는 해 주지 않았다.

하지만 싱글A, 더블A를 거치며 실력이 검증되자 팀은지난해 생각보다 큰 계약금까지 제시하며 정식계약을 원했다.

그런데 현우가 거부하자 방출까지 언급해 황당했는데,

당돌한 현우는 그 압박도 이기고 끝내 계약서에 사인하지 않았다.

올해 스프링캠프에서 실력을 인정받았고 AAA에서 콜 업 되기 전까지 현우는 용돈에 해당하는 금액만 받고 살았다.

하지만 이젠 메이저리그 최저 연봉을 보장받게 되었으며 미뤘던 계약서에 사인을 받으려면 구단은 이전보다 몇 배나 되는 거금을 제시해야만 할 처지에 놓인 것이다.

"제가 가겠습니다."

"안 사장님!"

"일에 지장을 주지 않도록 후딱 다녀오겠습니다."

"고맙습니다."

현우와의 통화 내용을 짐작한 안승태가 가겠다고 자청했다.

사실은 현우가 그렇게 그를 믿고 의지한다면 부탁을 해야 할 입장인데, 본인이 잘라 버린 미국행을 그가 자청한 것이다.

고맙다고 말할 수밖에 없었다.

그런데 이어진 대화를 통해 SD의 투수 상황이 녹록치 않음을 알게 되었다. 다르빗슈, 머스그로브, 스넬, 패댁, 라멧으로 이어지는 선발진에는 빈틈이 없었다.

게다가 현우랑 똑같은 좌완에 21살인 라이언 웨더스는

자신에게 주어진 기회를 놓치지 않고 매번 인상적인 성적을 남겨 미래의 팀 에이스라는 라멧의 위치를 위협하고 있었다.

"누가 가장 취약합니까?"

"현재 가장 성적이 나쁜 스넬도 함부로 뺄 수는 없습니다. 2018년 템파베이에 있을 때 21승 5패 ERA 1.89를 기록하며 사이 영 상까지 수상한 차세대 슈퍼스타입니다."

"그럼 팀을 옮겨야겠군요!"

"그게 좀 애매하긴 하지만 고려해 봐야 할 상황인 것은 분명합니다. 현우가 메이저리그 계약을 맺지 않은 것이 지금 이럴 때를 대비한 것 같다는 생각도 듭니다."

"그래요. 용의주도한 놈! 하하하!"

사실 지난 시즌만 해도 선발진에 빈틈이 있었다.

그런데 우승을 위한 대대적인 투자를 선언한 SD가 돌연 블레이크 스넬, 다르빗슈 유를 데려오더니 조 머스그로브까지 영입하며 다저스를 넘어서는 선발진을 구축했다는 평까지 듣게 되었다.

때문에 메이저리그 선발투수를 노리던 현우 입장에서는 넘기 힘든 장벽이 세워진 셈이었다. 웨더스라도 없다면 비비면 문이 열릴 기대라도 품을 수 있건만 현재로서는 답답했다.

그래서 안승태는 소 대표에게 미리 관련된 허락을 구하고 있었다. 아버지도 살피지 못한 현우의 상황을 파악하고 대처하는 그에게 전권을 주지 않을 수 없었다.

"아직 나이도 어려 FA가 될 때까지는 굳이 다저스나 SD같은 팀에서 불편한 경쟁을 이어 갈 필요가 없다고 생각합니다."

"안 사장님이 현우와 상의해서 결정하십시오."

"출전만 보장된다면 SD와도 협상을 해 보겠습니다. 그리고 방향이 결정되면 바로 연락드리겠습니다."

"그럴 필요 없습니다. 전 아는 것도 별로 없고 현우 녀석의 성격을 고려하면 이미 마음에 둔 결정이 있을지도 모릅니다. 그게 합리적인지 사장님이 확인해 주시면 될 것 같습니다."

"그럴 수도 있겠네요."

4월이 다 가기 전에 메이저 무대를 밟았다.

그런데 돌이켜 보니 녀석이 그런 말을 했었던 기억이 떠올랐다. 누군 승격하지 못해서 안달이지만 녀석은 그마저도 자신이 어느 정도 영향력을 가지고 조절했음을 짐작케 했다.

하지만 사실은 그것과는 조금 달랐다.

스프링캠프에서 AAA로 내려가라는 지시를 받은 순간,

현우는 스카우트매니저 프랭클린을 찾아가 계약을 해지하자고 소리쳤다.

반드시 개막전 로스터에 포함시켜 줄 것이라고 장담한 그가 최고의 선발진 영입을 주도한 당사자였기 때문이다. 그리고 얻어낸 약속이 4월 내 승격이었던 것이다.

"현우가 그렇게 대단한 선수가 될 줄은 몰랐어요."

"아직 정상에 오르진 못했지만 사실은 나도 놀랐어. 내가 운동신경이 그렇게 좋았던 것은 아니거든."

"그럼 사모님의 좋은 유전자를 물려받으신 거네요. 다른 건 몰라도 그건 참 고마운 일이네요."

"연 대리. 그 사람을 입에 담고 싶어?"

"아니에요. 하지만 애들한테는 엄마잖아요. 요즘도 계속 한국에서 치료를 받고 있는 건가요?"

"아무리 치료해도 호전되진 않을 거야. 못된 버릇을 뜯어고치기 위해 불필요한 욕망들을 다 지워 버렸거든."

"아!"

기분 좋은 일 뒤에 현화를 떠올리는 것은 불쾌했다.

하지만 연이채의 말처럼 아이들에게는 둘도 없는 소중한 존재다. 다행이라면 김동호는 10년 형을 선고받아 정신병원에 수용 중이었고 집안이 쫄딱 망한 줄도 모르고 벽에 똥칠을 하고 있다는 보고를 받았다.

하지만 현화는 상태가 호전 중이라는 소식을 들었다. 그럴 리가 없는데, 굳이 해석하자면 아이들의 살뜰한 보살핌과 책임감 때문인 것 같다는 생각은 들었다.

한 번쯤 직접 찾아가 상태를 확인해 봐야겠다는 생각은 했지만 막상 발길은 떨어지질 않았다. 얼굴을 마주하고 싶지 않았고 다시 손을 쓰는 것도 내키지는 않았기 때문이다.

* * *

"총리께서 직접 관심을 가져 주실 줄은 몰랐습니다."

"하하하. 이게 어디 보통 일이어야지요. 우리 태국 기업이 자동차에 이어 국산 무기까지 갖추게 된다니, 총리인 내가 신경을 쓰지 않으면 그게 바로 직무유기가 되는 겁니다."

"너무 큰 기대를 하시니 부담스럽습니다."

"아! 부담은 가지지 말고 편안하게 현재 개발 중인 무기들의 상황부터 듣고 싶구려."

티라뎃 총리가 직접 협상장에 나타났다.

이 자리를 협상장이라고 칭한 이유는 방위산업이 대부분 국가 주도로 이뤄지는 사업인데, 지금까지 SSL DIC는 자기 자본과 실력으로 이만큼 이뤄 냈기 때문이었다.

고로 특허와 관련한 문제부터 무기 개발 지원과 구입 선계약도 진행해야 하는데, 예상했던 바와 같이 태국 정부는 이 소중한 자산을 거머먹으려는 태도를 보였다.

"개인화기는 특허를 우리 정부에 넘기는 게 어떻겠소? 내 가격은 섭섭지 않게 쳐 드리겠소."

"이미 미국을 비롯한 유럽 몇 개국에 관련 특허를 출원했고 성능 테스트가 진행 중입니다. 불가능한 것은 아니지만 저희가 제시하는 금액을 감당하실 수 있으시겠습니까?"

"개발에 대체 얼마나 든 것이오?"

"하하하! 얼마가 들었는지는 중요하지 않습니다. 사람의 창의력과 그것을 구체적인 실물로 구현한 가치를 돈으로 매기는 것이 가능한지 의문이 들기 때문입니다."

알아듣도록 설명을 했음에도 그는 포기를 몰랐다.

그래서 현 상황을 보다 정확히 언급할 필요를 느꼈다.

DIC가 개발한 소총은 한국 K2의 장점을 따와 제작했지만 단점으로 지적되던 부분을 과감히 제거했으며 현대적인 감각을 최대한 살린 디자인, 그리고 내구성 확보를 위해 신소재까지 결합해 전문가들의 호평이 이어지고 있다.

출시와 함께 명품으로 등극할 것이라는 평가가 주를 이루는데, 그걸 날로 먹으려고 달려드니 답답하지 않을 수 없었다.

문제는 차후에도 그와 같은 태도를 유지한다면 매번 불편해질 것이기에 이참에 확실하게 짚고 넘어가기로 마음을 굳혔다.

"개발명 T1 소총은 태국에만 판매할 생각이 없습니다."

"오호! 수출도 해야겠지요. 국산 소총을 보유하지 못한 나라가 수두룩하니까."

"특허권을 팔면 우리도 단기간에 자금을 회수할 수 있어 좋기는 하지만 차후 꾸준한 개량과 파생형 제품을 제작할 텐데, 그땐 또 어떻게 하시겠습니까? 매번 구입하시겠습니까?"

"그럼 어떻게 하면 좋겠소?"

"그냥 구입하셔서 쓰시면 됩니다. 단, 태국의 적대 국가에 판매하지 않겠다는 계약 조건을 넣으시고 원활한 공급 보장을 위해 태국 방위산업체로 지정하고 통상적인 특혜를 주시면 상대적으로 저렴한 공급가로 보답하겠습니다."

비로소 그가 고개를 끄덕였다.

하지만 대체 가능한 소총이기 때문에 넘어간 것이고 DIC의 주력인 미사일로 넘어가자 그도 주장을 굽히지 않았다.

공동 특허라도 지녀 기술력을 선점하겠다는 의향을 비친

것인데, 그 부분은 타협이 가능했다. 어차피 실험을 통한 데이터를 확보하려면 군의 협력 없이는 불가능하기 때문이었다.

그 대신 국방연구소를 설립하고 연구개발에 함께 참여하며 일체의 소요 비용을 정부에서 지원하는 것으로 결정되었다.

돈이 있어도 엄두도 내지 못하는 최신 무기 연구개발을 진행하는 것에 대해 군관계자들은 흥분을 감추지 못했다. 태국은 위협적인 적대국과 인접해 있지 않기 때문에 최신 미사일만 보유한다면 여타의 국방비를 획기적으로 줄일 수 있다.

동네 대장 노릇을 계속할 수 있는 확실한 무기를 선점했다고 기뻐들 했는데, 소이치로가 그 분위기에 초를 쳤다.

"라오스나 미얀마에 중국군이 주둔할 수도 있습니다."

"쿤디. 그게 대체 무슨 소리요?"

"라오스는 이미 중국의 패권적인 경제 침략에 상당히 깊숙이 녹아 있어 중국의 지방 정부라고 봐도 무방하다는 거 아시지 않습니까?"

"그건 인정하지만 그게 사실이라도 군대를 주둔할 수는 없을 것이오. 당장 우리만 해도 용인하지 않을 테니까!"

"만약 미얀마에 쿠데타가 일어나고 내전에 휩싸인다면

미얀마와 국경을 마주하고 있는 라오스는 안전을 이유로 중국군의 주둔을 허용할 수도 있습니다. 진군을 위한 좋은 명분이 될 수 있을 겁니다."

"지금 미얀마 쿠데타를 예견한 것이오?"

태국도 나름 정보가 있긴 있는 것 같았다.

하지만 소이치로의 입에서 그 단어가 튀어나오자 총리를 비롯한 군 관계자들이 다들 놀라움을 감추지 못했다.

태국도 실은 군부의 반복적인 쿠데타에 의해 정치권력이 좌우되어 왔다. 현 총리도 그런 케이스인 것이 사실이었고.

때문에 군부의 동향에 민감할 수밖에 없고 특히나 미얀마와는 긴 국경을 맞대고 있는 국가라서 항상 촉각을 곤두세웠던 것이다.

"미얀마의 동향을 제가 어찌 알겠습니까! 그저 세계적인 추세를 역행하는 것 같아 안타까울 뿐, 제가 그런 이야기를 꺼낸 이유는 태국도 하루 빨리 자주국방 역량을 키워야 한다는 의미였습니다."

"SSL과 같은 고마운 기업이 있어 그 꿈이 이렇게 빨리 현실화되고 있지 않소. 한국이 보유한 현무 미사일 같은 것은 언제쯤 볼 수 있겠소?"

"현무 미사일은 북한과 주변 강대국에 대한 핵심적인 전쟁 억제 수단이며, 핵무기가 없는 한국이 보유한 최고 수

준의 전략무기입니다. 오랜 시간 상당한 기술력이 축적된 결과물이기에 단숨에 따라잡을 수는 없습니다."

"아하! 그렇겠죠."

"그래서 일단은 공격보다는 자위를 위한 방공망부터 완성해야 하며 핵심이 될 지대공미사일부터 개발할 생각입니다."

"천궁이던가요?"

"그렇습니다. 천궁 Ⅱ처럼 패트리어트 기능을 가진 미사일 방어 체계부터 완성해야 합니다. 설사 중국의 위협이 있어도 당당히 맞설 수 있는 미사일 체계의 시작이 될 겁니다."

중국의 위협에도 맞설 수 있다는 발언에 다들 감동의 눈빛을 발사했다. 동남아 최강국의 위상이 그려졌기 때문이었다.

사실 태국은 군사적인 위협이 없는 나라로써 굳이 국방에 많은 돈을 들일 필요는 없다. 하지만 자주국방은 시기를 가리지 않고 갖춰야 할 국가의 기본 덕목이고, 군부가 득세하고 있는 덕분에 소이치로의 설득은 더 잘 먹히고 있을 뿐이었다.

이로써 최소한 연구개발에 소요될 막대한 자금은 해결이 되었다. 바람직하지 않지만 중국이 패권적인 활동을 멈추

지 않아 불안에 떨고 있는 동남아 국가들이 있는 한, DIC
의 사업은 효자가 될 가능성이 매우 높았다.

방위산업에 대한 논의가 마무리되자 총리의 최측근이자
산업부 장관인 와라킷이 뜬금없는 화제를 꺼냈다.

"현대기아차가 본격적인 태국 진출을 선언했다죠?"

"네. 저도 들어 알고 있습니다."

"닛산을 인수해 새롭게 시작하려는 SSL 입장에서는 무척
피곤한 상황이 되었군요."

"이보세요! 와라킷. 지금 그게 태국 경제를 총괄하고 있
는 담당 장관이 할 소리입니까!"

"쿤디. 왜 갑자기 화를 내고 그러십니까?"

"세계적인 자동차 메이커들도 최소한 자국에서 각종 혜
택을 받고 있습니다. 현대기아차의 한국 자동차 시장 점유
율이 얼마나 되는지 아십니까? 정부가 나서서 자국 기업을
지원해 주지는 못할망정 피 튀기는 싸움을 벌이게 된 것이
그렇게 재미있는 일이냐는 겁니다!"

틀리지 않은 말이다.

그들 스스로도 SSL 모터스를 태국 기업이라고 말하고
있다.

닛산의 시장 점유율을 물려받을 가능성이 높은 상황이라
고 본다면 결코 시장 상황이 좋다고 볼 수 없다.

그럼에도 불구하고 SSL이 태국 정부에 지원을 요청한
바도 없으며 정부도 나서서 도와줄 생각을 하지 않았다.
오히려 산업부 장관이 현대기아차 진출을 흥미로운 상황이
라고 말하고 있으니, 소이치로의 입장에서는 화가 나지 않
을 수 없었다.

"와리킷. 내가 봐도 쿤디의 말이 틀리지 않았어. 자동차
산업이 산업 전반에 끼치는 영향력이 상당히 높잖아."

"하지만 공정한 경쟁은……."

"하하하! 지금 공정을 입에 담고 있습니까? 부모에게도
사랑받지 못하는 자식이 어디 가서 제 몫을 할 수 있겠습
니까! 주무장관이 그런 사고방식을 가지고 있다면 우리
SSL 모터스는 생산 기반을 옮길 수밖에 없습니다."

"진정하게. 쿤디. 다 내가 부족해서 그런 것이오. 국가를
위해 다양한 사업을 추진하는 자국 기업에게 특혜를 주지
않으면 그것 또한 직무유기지. 내가 직접 살펴보리다."

특혜를 원하지 않았다.

필요하다고 느낀 적도 없다.

몰라서는 아니다. 관련 정치인들에게 로비를 하면 몇 배,
몇십 배의 혜택을 볼 수 있다는 것을.

하지만 지난 수십 년 간 일본 기업에 기생해 그런 짓을
해 온 기득권층과 그런 연계를 맺고 싶지 않았다.

부정과 부패는 결국 이 나라를 위해서도, SSL을 위해서도 바람직한 방향이 아니라고 판단했기 때문이다.

　기업의 사회적 책임을 다하고 좋은 영향력을 끼치는 것이 종국에는 기업도, 국가도 성장할 수 있는 원동력이라 여겼는데, 막상 그들의 실상을 마주하게 되자 번민에 휩싸였다.

　지금 이들의 손을 잡으면 그야말로 특혜를 누릴 수 있을 것이다. 하지만 그러고 싶지 않았다.

　"우리 SSL은 태국 정부가 천명한 산업 구조 개선에 앞장서고 있다고 감히 자부합니다. 자국 기업과 연계해 기술 이전도 과감히 시행하고 있으며 이미 고용 인원 1위를 달성했고 올해는 법인세 납부 1위도 저희가 될 겁니다."

　"그런가요? 와라킷, 왜 그런 내용은 보고가 되지 않았지?"

　"쿤디의 말이 맞습니다. 특히 기술 이전을 통해 자국 기업들이 동반 성장하고 있는 부분에 대한 긍정적인 효과는 수치로 나타나는 것보다 훨씬 대단하다고 볼 수 있습니다."

　"SSL이 우리 태국의 대표 브랜드인 셈이군! 그렇다면 우리 정부가 무엇을 어떻게 도와줄 수 있는지 검토해서 보고해."

"네."

결과는 기대 이상이었다.

바라지도 않았던 이런 분위기가 만들어진 것은 역시 방위산업의 영향이 크게 작용했다고 볼 수 있다.

첨단산업에 대한 투자에 인색한 태국 재벌들은 정부가 아무리 닦달해도 겁만 내고 미래 산업에는 뛰어들지를 않는다.

기껏 하는 것이 외국 기업과의 합자이며 앞잡이 노릇을 해 주고 수익의 일부를 속편하게 얻어먹는 것에 만족하고 있다.

그런 측면에서 보자면 SSL이야말로 태국 정부가 원하는 방향을 가장 모범적으로 추진하는 기업이다. 걸리는 것이 있다면 대표인 소이치로가 일본인이라는 것인데, 방위산업을 맡게 되면서 미심쩍은 의심은 상당 부분 걷히게 된 셈이었다.

"총리. 시간이 허락되시면 식사를 함께 나누고 싶습니다."

"좋죠. 오늘 저녁에 우리 집으로 오시구려. 우리 집사람이 음식 솜씨가 제법 좋다오."

"감사합니다. 그럼 저녁에 뵙겠습니다."

그와 독대를 원한 이유는 담판을 지을 필요성을 느꼈기

때문이다. 그동안 애써 외면해 왔지만 지금이 기회라고 판단했다.

어차피 SSL의 거점을 태국으로 결정했고 이미 차고 넘치는 계열사를 설립해 운용하고 있다. 차논 일가의 도움이 절대적인 영향력을 끼쳤지만 누구나 쉽게 생각하는 집권 세력과는 아직 확실한 관계를 정립하지 않았다.

그야말로 불가근불가원의 원칙에 따라 대응해 왔는데, 몇 가지 이유로 관계 개선이 필요하다는 결론에 이른 것이다.

그래서 본사로 복귀하자마자 중역회의 소집했다.

"드디어 우리 SSL이 태국 대표 브랜드로 발돋움을 할 수 있는 계기가 마련된 건가요?"

"국민들은 이미 인정을 해 주고 있는 추세죠. 하지만 사회 구조상 정부의 협조가 필요한 시기라는 판단을 내렸습니다. 방위산업의 특성이 그러하고 민감한 몇몇 부문에서는 정부의 전략적인 지원이 뒷받침되어야 한다고 판단해 총리와의 독대를 신청했고 담판을 지을 예정입니다."

"정부가 우리 SSL을 지원할 대의명분은 차고 넘치죠. 우리 말고 어느 기업이 첨단산업에 투자를 하고 있나요? 또한 연구개발비도 우리처럼 파격적으로 책정하고 집행하는 기업이 없잖아요."

"그렇죠. 그럼에도 불구하고 아무런 대가도 없이 전폭적인 지지를 해 줄까요? 그래서 이 자리를 빌려 여러분들의 의견을 듣고 싶었습니다."

방위산업 협상은 개략적인 맥락에는 뜻을 같이했지만 아직 세부적인 계약은 이뤄지지 않았다. 말 한 마디에 수십, 수백억이 왔다 갔다 할 수도 있기 때문에 현실적인 인맥 형성의 필요성은 다들 공감하고 있었다.

중요한 것은 소이치로가 자신의 생각만 고집하지 않고 이 화제를 공론의 장에 붙였다는 점이었다.

계열사 사장들은 물론 측근들까지 모두 참석한 회의였기에 다들 말을 아끼는 가운데, 가장 먼저 포문을 연 사람은 연장자인 김일호 사장이었다.

"우리 소 대표의 올곧은 성정은 익히 알고 있소. 적극 찬성하며 자랑스럽기까지 하다오. 지금까지 잘해 왔지만 필요하다면 보다 원만한 대외관계를 설정하는 것도 좋을 것 같소."

"그 말씀은 로비가 필요하다는 의견이신 겁니까?"

"만약 소 대표가 정면 승부를 하겠다면 그 또한 지지할 생각이오. 하지만 로마에 가면 로마법을 따라야 한다고 하지 않소. 굳이 사서 고생을 할 필요는 없지 않나 싶은 게 내 짧은 생각이오."

"아닙니다. 김 사장님. 그게 다 우리 모두를 위한 말씀이
란 것을 익히 압니다. 윤 실장, 만약 로비를 하게 된다면
그 규모가 얼마나 되죠?"

인생 2막,
섬나라 재벌로!

69. 총리의 아픈 손가락

인생 2막,
섬나라 재벌로!

이견이 나오지 않는 걸 보면 다들 로비의 필요성에 공감한다는 것을 알 수 있었다. 강희재, 최남식, 방인호 같은 비교적 젊은 경영인들도 공감을 한다면 현장에서 느끼는 필요성은 더 크다는 짐작이 가능했다.

그래서 구체적인 데이터를 요구했다.

검은 돈에 대해 이런 자리에서 공론화하는 것이 이상하다고 생각하는 사람도 있었으나 그런 자금일수록 투명하게 집행해야 한다는 것이 소이치로의 입장이었다.

"현재 태국 정부 고위층에 직접 로비를 하는 세력은 크게 두 세력입니다. 하나는 국영기업을 운영하거나 정부의

비호 아래 독점적인 운영권을 확보한 오랜 기득권 세력이
며 또 하나는 TJ 경제협력자문단이라는 일본 기업 연합체
입니다."

"둘 다 만만치는 않지만 수구 기득권층을 건드리는 것은
시기상조라는 생각이 드는군요. 그렇다면 TJ 자문단의 로
비 규모는 어느 정도나 됩니까?"

"그게 얼마라고 못 박아 언급하기 힘든데, 작년 한 해의
통계를 내 보면 대략 30억 바트(1080억 원)정도입니다."

다들 입을 쩍 벌렸다.

예상보다 훨씬 거금이었기 때문이다.

그런데 그 금액을 대하는 소이치로의 태도는 달랐다.

"제 예상보다 한참 밑도는군요. 최근에 계속 줄어든 거
죠?"

"그렇습니다. 한창 잘나갈 때에 비해 현재 소속 기업의
수가 확 줄었고 출연금도 절반가량으로 축소되었다고 합니
다."

"적자를 보는 기업이 로비를 할 수는 없겠죠. 올해는 더
줄어들 것이고 가장 큰 돈줄이 쪼그라들고 있다면 집권 세
력도 입장이 난감하겠네요. 하하하!"

"대표님. 연간 30억 바트면 매달 90억 원 안팎이라는
것인데, 그건 절대 적은 금액이 아닙니다. 너무 쉽게 생각

하는 건 아닌지 염려스러워 감히 한 말씀 올립니다."

"최남식 사장님의 말씀이 맞습니다. 절대 적은 돈이 아니죠. 하지만 정부가 우리에게 제공할 수 있는 여력을 감안하면 그만한 가치는 있다고 생각합니다. 또한 우리는 뇌물이 아닌 로비를 할 겁니다."

뇌물이나 로비나 다 거기서 거기라고들 생각했다.

하지만 다들 의아한 표정을 지을 때, 소이치로는 그 의문점을 풀어 줄 중대한 발표를 했다. 그건 바로 SSL의 기반 사업인 일렉트로닉스를 분사 후 상장하겠다는 구상을 밝힌 것이다.

대부분의 사업은 그대로 유지하되, 요즘 가장 핫한 2차전지 부문만 분사한 후에 태국과 한국 증시를 비롯해 세계적으로 규모가 큰 미국 뉴욕 증시와 나스닥, 일본, 홍콩 증시에도 동시에 상장하는 계획을 언급한 것이다.

"드디어 배터리 전쟁에 본격적으로 뛰어드는 건가?"

"네. 최근 프로젝트 결과가 긍정적으로 나오고 있어 기업공개를 진행하면 상장과 함께 어마어마한 반향이 예상됩니다. 이미 입질을 시작한 눈치 빠른 기업들도 있고요."

"난 열렬히 찬성하네. 중국과 한국이 양분하고 있는 배터리 시장에 태국 기업인 우리 SSL이 나서면 어떤 반향을 일으킬지 정말 궁금했거든."

"전 내리막을 타고 있는 파나소닉의 점유율만 먹어도 좋다고 생각합니다. 그걸 집중적으로 공략할 생각이고요."

매월 전기차 배터리 판매량이 폭발적으로 증가하고 있는 가운데, 글로벌 시장 점유율은 CATL 36%, LG 24%, 파나소닉 10%, BYD 7%, SDI 5%, SKI 5% 순으로 나타나고 있다.

한국 배터리 3사가 선전하고 있지만 그 합계는 아직 34%수준이고 중국이 절반을 점유하고 있다. 그 와중에 끝없는 추락을 거듭하는 파나소닉이 아직도 10%를 유지하고 있다.

그도 그럴 것이 도요타를 비롯한 일본 자동차 기업들이 굳건한 연계를 이어 가고 있기 때문이다. 그래서 소이치로는 욕심을 버리고 일단 그것만이라도 챙길 의향을 밝힌 것이다.

"난 상장과 더불어 대박을 칠 SSL 배터리 주식을 총리를 비롯한 태국 집권 세력에게 액면가로 팔 생각입니다."

"오호! 그 가치를 알긴 할까요?"

"그 정도도 모르지는 않을 겁니다. 전문가들의 보좌를 받고 있을 테니 미리 슬쩍 언질을 넣어 힌트를 줄 수도 있고요."

"소 대표님. 섭섭합니다."

"강 사장님. 갑자기 무슨 말씀이시죠?"

"저희 건설사도 상장해 주십시오. 비록 미국이나 한국, 홍콩 증시에는 내놓을 필요도 없지만 적어도 태국 증시에는 우량주로 자리를 잡을 자신이 있고 실제로 정책 관계자들의 입김이 제 사업에 어떤 영향을 끼치는지 아시지 않습니까?"

"으음…… 상장하면 어떤 제약을 받는지는 아시죠?"

"네. 알고 있습니다. 하지만 태국 시장을 넘어 주변국에 진출하기 위해서는 덩치를 더 키워야 한다는 게 제 판단입니다."

강희재가 뜬금없는 제안을 꺼냈으나 소이치로는 바로 응답했다. 배터리와 더불어 건설사도 증시에 상장하는 것으로.

아무래도 토건 사업은 관의 입김이 깊이 관여하는 사업이고 이제 곧 미얀마 진출도 준비해야 하기 때문에 시기적절하다고 판단한 것이다.

회의를 통해 중대한 방향이 정해졌다. 이제 SSL도 태국 정계에 본격적인 로비를 펼치기로 결정한 것이다.

문제는 주식을 통한 로비가 일본 경제 단체가 해 오던 검은 거래를 대신하기에 충분한지에 대한 판단이었다. 소이치로나 SSL가 적절한 제안을 해도 받는 상대가 그렇게 느끼지 못하면 소용이 없기 때문에 차선책도 마련했다.

* * *

"와우! 이게 다 뭡니까?"

"우리 집사람이 손이 좀 크다오. 실리완도 같이 온 것 같던데, 들어와서 같이 먹자고 하시지?"

"아, 네. 실리완을 알고 계셨군요?"

"찬타라 회장과는 남다른 인연이 있었다오. 이젠 아주 먼 옛날이야기가 되었지만. 하하하!"

차논 아저씨를 성으로 부르는 것을 보고 적잖이 놀랐다.

존중의 의미가 담겨 있었기 때문이었다. 게다가 실리완은 아는 척을 하지 않았는데, 총리가 먼저 식사 초대를 했다.

그런데 연락을 받고 들어온 실리완의 표정이 그리 밝지 못했다. 사석이지만 실은 공적인 성격을 지닌 자리였기에 신중하고 현명한 실리완이 감정을 조절하지 못하는 모습은 생경하게 느껴지기까지 했다.

그녀가 착석한 뒤에 총리의 아내와 자식들이 등장했는데, 그때부터 실리완은 불편한 티를 노골적으로 내기 시작했다. 총리의 아들이 뜬금없는 친근한 인사말을 던진 뒤부터였다.

"오랜만이야. 완."

"······그냥 밥이나 먹지?"

"어머! 실리완이 우리 탭한테 아직도 안 좋은 감정이 남아 있나 봐요. 이를 어쩌죠?"

"전 괜찮아요. 사모님. 하고 싶은 말은 많지만 다 지난 일, 다신 언급하고 싶지 않아요."

"오이! 더는 착한 완이 아니라는 건가?"

대체 무슨 상황인지 파악하기도 전에 날선 대화가 오갔다.

대충 짐작은 됐다. 총리의 장남인 탭이 실리완과 대학 동창이며 보통 사이가 아니었다는 것을.

하지만 좋게 끝난 것 같지 않았다. 내색하지 않지만 그녀를 금쪽처럼 아끼는 차논이 알았다면 가만히 뒀을 리 만무하다.

총리가 차논을 언급했던 기억이 떠오르며 얽힌 사건이 십 년 이전의 일이라면 총리는 지금 같은 권력의 정점에 있지는 않았을 것이다. 그렇다면 차논이 적절한 조치를 취했을 것 같은데, 갈등의 이유를 확인하기도 전에 총리가 불을 껐다.

"탭. 손님을 모셔 놓고 그 무슨 무례냐! 사과해."

"아버지."

"실리완과 찬타라 회장이 양보해 주셔서 지금의 네가 있는 것임을 모른단 말이냐!"

"그때와는 처지가 다르지 않습니까!"

"이놈이! 사과부터 하라고 했다!"

마지못해 미안하다는 말을 뱉었으나 그놈과 그놈의 모친이 실리완을 바라보는 눈빛이 너무 눈에 거슬렸다.

그러고 싶지 않았으나 도저히 참을 수 없었다. 그래서 식사를 하는 내내 두 모자의 속내를 읽으려고 집중했는데, 후끈 달아오르는 사건의 전말이 읽혀졌다.

놈이 실리완을 좋아해 따라다닌 것은 사실이었다. 하지만 지나치게 이기적이고 과격한 탭을 실리완은 좋아하지 않았다.

하지만 태국 지하경제의 대부라는 차논의 수양딸이라는 사실은 명예만 높고 재산은 넉넉하지 못했던 군부 실력자의 아들인 탭에게는 야망을 채워 줄 사다리로 충분했다.

"탭. 결혼은 하셨습니까?"

"당신이 89년생이라고 들었는데, 맞소?"

"탭!"

어떤 성정인지, 아직도 실리완에게 흑심을 품고 있는 것은 아닌지 의구심이 들어 대화를 통해 말문부터 트려고 했다.

그런데 질문과는 동떨어진 나이를 들먹이며 반말이 확실한 어투로 오히려 되묻는데, 문제는 놈의 눈빛에 강한 적대감이 담겨 있다는 점이었다.

놈은 소이치로와 실리완이 보통 사이가 아니라고 지레짐작한 것 같은데, 설사 그렇다고 한들 그게 왜 적개심을 품을 일이냐는 말이다.

총리가 나서 제지하자 바로 꼬리를 내렸으나 이미 소이치로의 가슴 한편에서는 분노의 불씨가 타오르고 있었다.

"총리께서 무척이나 힘이 드실 것 같습니다."

"허허허. 어느 집이나 크고 작은 문제가 있기 마련이지요. 워낙 오냐오냐 키워 아직도 부모 등골을 빼먹고 산다오."

"지금은 어디에 근무를 하고 있습니까?"

"처가인 센트럴그룹에 적을 두고 있는데, 처가살이가 어디 속편하겠소? 그래서인지 집에만 오면 저렇게 애처럼 군다오."

"제게 보내 주시면 총리께서 걱정하지 않도록 잘 가르쳐 사람 구실을 할 수 있게 만들어 보겠습니다."

"이 새끼가!"

정말 마음에 들지 않는 놈이었다.

실리완을 강제로 취하려다 호되게 당해 병원에 입원까지

했다. 차논이 경호원을 붙였기 망정이지 그렇지 않았다면 꼼짝없이 당할 뻔했다.

하지만 그 소식을 접한 차논은 놈을 용서할 수 없다고 판단해 병원을 직접 찾아가 기억을 지워 버리는 강수를 뒀다.

하루아침에 아들이 바보가 되자 당시 군부의 핵심 인사였던 총리는 역부족임을 절감하고 차논을 찾아와 싹싹 빌었다.

그 아비의 정성을 봐 용서해 줬건만 이제 처지가 역전되었다는 말을 뱉는 걸 보니, 아직 놈은 멀었다는 생각이 들었다.

아니나 다를까 제 성질을 참지 못하고 욕설을 뱉었다. 잘 걸렸다 싶었는데, 놈을 상대한 사람은 소이치로가 아니라 실리완이었다.

"너한테 관심이 많았어."

"오호! 관심?"

"그럼. 네가 어디서 무슨 짓을 하고 다니는지 일거수일투족을 다 살피고 있었지."

"뭐라고? 날 사찰했다는 거야?"

"기억 안 나? 그 조건을 받아들였잖아. 마침 난 그런 조직을 운용하고 있다는 거 너도 알잖아!"

"이런 미친년이!"

놈은 참는 법을 몰랐다.

군 출신이지만 후덕하다고 알려진 총리의 아픈 손가락이었던 것이다. 급기야 더는 참을 수 없었던 티라뎃 총리가 벌떡 일어나 아들의 뺨을 사정없이 갈겨 버렸다.

그리고는 당장 나가라고 소리쳤다. 이 나라에서 그 화를 감당할 수 있는 사람이 있기는 할까?

바짝 얼어붙은 탭이 도망치듯이 문밖으로 사라지자 그는 남편을 매섭게 노려보는 아내까지 호통을 쳐 쫓아내 버렸다.

이쯤 되자 도리어 소이치로는 자리가 불편해졌는데, 놀랍게도 실리완은 하고 싶은 말을 다 했다.

"그동안 전 총리의 체면을 봐서 참았습니다."

"실리완……."

"자료를 한 부 보내 드리겠습니다. 이미 여러 사건을 무마시킨 것으로 압니다. 하지만 그건 새 발의 피라는 것을 아시게 될 겁니다."

"아아!"

"화해를 원하셨다면 그렇게 되지 않아 안타깝습니다. 하지만 사적인 문제를 공적인 일과 결부하고 싶지 않습니다. 제 마음을 이해해 주시리라 믿습니다."

"식사는 대충 한 것 같은데, 한잔하시겠소?"

"네."

티라넷 총리도 힘이 드는지 이마에 땀이 흥건히 맺혔다.

공사를 구분하자는 실리완의 제안은 오히려 그가 고마워해야 할 입장이었다. 부담이 상당한 아들의 개인 비리가 얽혀 있다는 것을 직감했기 때문이었다.

아들을 불러 소이치로와 안면을 트게 하려고 했던 소박한 시도는 실리완이 오면서 수정이 되었어야 한다. 하지만 과거의 일은 이제 극복했거니 믿었다가 진땀을 흘리고 말았다.

소 대표는 난감한 그의 심정이 이해가 됐다. 아들을 위한답시고 억하심정을 품지 않고 평정심을 찾으려는 그의 태도를 보며 한 나라의 권력을 틀어쥔 자의 배포가 절대 작지 않음을 확인할 수 있었다.

실리완도, 수행원들도 모두 내보내고 총리와 독대를 했다.

"불편을 끼쳐 미안하오."

"아닙니다. 저는 총리께서 강단 있는 모습을 보여 줘 안심했습니다."

"그렇게 봐 준다면 나로서도 고맙소이다. 그런데 아까 했던 말은 무슨 뜻이오? 정말 정신 개조가 가능하오?"

"안타깝지만 어려울 것 같습니다. 저는 그렇게 복잡한 관계일 줄은 미처 몰랐습니다. 지금으로서는 실리완과 가까이 하지 않는 것이 오히려 나을 것 같습니다."

"휴우! 아들이라고는 그 녀석 하나뿐인데, 늘그막에 패가망신이나 당하지 않으면 다행이라는 생각이 드오."

더는 할 말이 없었다. 위로도 과하거나 번지수를 잘못 찾으면 신경을 건드릴 수 있기 때문에 침묵을 지켰다.

어찌되었든 전혀 예기치 못한 일로 인해 대화의 전개가 매끄럽지는 않았으나 독대까지 이뤄진 마당에 본론을 꺼내지 않을 수 없었다.

돌려 말하지 않고 바로 핵심을 찔러 갔다.

"총리. 추후 국제 관계가 어찌 흘러갈 것이라고 보십니까?"

"글쎄……. 난 우리나라 주변국 정도만 신경을 쓰지, 국제 정세에는 별 관심이 없네. 최근 미중 관계가 격화되는 것이 우리나라에 어떤 영향을 미칠지에 대해서만 신경이 쓰일 뿐."

"제 의견을 말씀드려도 되겠습니까?"

"기꺼이 경청하겠네."

"미소 냉전 시대가 미국의 승리로 결말지어지며 세계의 질서는 미국이 주도했었습니다. 하지만 서구 선진국들의 경제가 예상보다 빠르게 발전하면서 홀로 통솔하는 것이 버겁다는 판단을 내리게 되었죠. 그 결과가 G7이었다고 생각합니다."

"으음…… 아무래도 혼자 감당하기에는 지나치게 복합적인 현상들이 많아지고 재정적으로 힘들었을 테니까."

"그렇습니다. 7개의 선진국이 모여 합의하면 그들이 원하는 질서를 세울 수 있을 것이라고 판단했고 그게 유용했습니다."

"그런데도 역부족인 상황이 발생했지. 금융위기, 석유파동 같은 것이지? 그로 인해 G20이 탄생했고. 나도 공부는 좀 했는데, 그게 지식으로 쌓이지는 않더군."

집권자로서 경제를 소홀히 할 수는 없었을 것이다.

경제학을 공부한 정통 관료들을 곁에 두고 공부하려고 했다는 말은 사실일 것이다. 하지만 그게 노력으로 되지 않는다는 것을 스스로 시인했다.

그것만으로도 대단하다는 생각을 할 수도 있지만 애석하게도 그런 상황을 긍정적으로 봐 줄 수는 없었다.

왜냐면 정상적인 문민정부하에서 국민들에게 검증받는 과정을 겪었다면 그런 무지한 집권자는 탄생할 수 없을 테니까.

그나마 전문가의 조언에 귀를 기울이고 믿고 맡긴다면

다행이지만 경제개발계획은 발표만 번지르르할 뿐, 현실에 적용되지 않고 있음을 소이치로는 잘 알고 있기에 답답했다.

"미국 대통령은 판을 새로 짤 구상을 하고 있습니다."

"새로?"

"이미 미국의 여야 싱크탱크에서 미래비전을 발표했습니다. D11, 민주주의국가를 뜻하는 Democracy의 이니셜을 딴 11개 국가의 연합이 세계 질서를 혼란케 하고 민주 질서를 해치는 중국을 견제하는 이념과 경제 블록으로 자리매김할 것이라는 선언을 했고 대다수의 G7국가들이 찬성했습니다."

"일본은 반대하지 않았나?"

"하하하! 그로 인해 스스로의 입지만 좁아질 뿐입니다. 지난 G7 회의에서 냉대를 받는 걸 보시지 않았습니까?"

"거 참. 보기 딱하긴 하더군."

총리는 고개를 갸웃거렸다.

왜냐면 일본을 몰염치한 국가로 치부하는 소이치로가 바로 일본인이었기 때문이다. 게다가 명문가의 자제가 어떻게 자신보다 더 비관적으로 보는 것인지 납득이 되질 않았던 것이다.

그런 느낌을 알아챘지만 소이치로는 개의치 않고 계속

발언을 이어나갔다.

"한국, 인도, 호주, 남아공이 추가되는데, 각 나라마다 고유한 의미가 있습니다."

"인도는 중국을 대신할 새로운 거대 시장이고 호주는 언제나 미국, 영연방과 뜻을 함께 해 온 동맹국이며 중국과 날을 세우고 있으니 이해가 되고, 남아공은 대륙 안배 차원이겠지."

"한국의 참여는 어떻게 보십니까?"

"그러니까. 정말로 한국이 일본을 따라잡은 건가?"

"하하하! 따라잡다니요? 그 정도였다면 미국은 아직도 일본의 손을 잡고 있었을 겁니다. 인구와 경제 규모의 차이가 있어서 표가 덜 날뿐, 한국의 기술력은 이미 세계경제의 중대한 축이 되었습니다. 일본이 최고라고 자부하던 부문 중에 아직도 남은 것이 있나요?"

티라뎃 총리는 잠시 생각에 잠겼다.

실제로 일본이 자랑하던 수많은 기술 중에 아직도 최고로 인정받는 것이 남아 있는지 생각해 봤다. 그나마 자동차가 선방하고 있지만 그마저도 전기수소차 부문에서는 고전을 면치 못한다는 사실을 접하고 있었다.

전자, 조선, 반도체는 말할 것도 없고 소재부품장비 부문에서도 한국에게 덜미를 잡혔으며 최근에는 방위산업까지 미국을 위협하는 단계에 접어들지 않았던가!

그제야 고개를 끄덕이며 묘한 질문을 읊조렸다.

"쿤디. 일본인으로써 한국의 성장이 눈에 거슬리지는 않습니까?"

"하하하! 전 한국을 매우 좋아합니다. 또한 오늘의 일본이 있기까지 한국은 고향과 같은 나라입니다."

"고향이라……. 진심으로 그리 생각하는 겁니까?"

"물론이죠. 그저 생각만 하는 게 아니라 그게 진실입니다. 국력이 약해 한때 일본을 비롯한 서구 열강에게 무시를 당했지만 한국은 중국의 대제국들도 함부로 대하지 못했던 동방의 강대국이었습니다. 나중에 역사가 드러나게 되면 지금의 위대함이 어디에서 비롯되었는지 다들 알게 될 겁니다."

"오호! 그렇군요."

한국인이 그렇게 말했다면 반신반의했을 것이다.

하지만 일본을 대표하는 명문가의 후계자의 말이었다. 티라넷 총리는 자신도 왜곡된 역사 인식을 지니고 있었음을 인지했다.

그로부터 한국에 대한 인식이 바뀌게 되었는데, 거기에는 소이치로의 설명이 크게 작용했다. 그의 생각에 아무 이익도 없는 한국을 근거 없이 칭송하리라고는 생각할 수 없었기 때문이다.

"미국은 물론 유럽 국가들도 경쟁적으로 한국과의 교류를 확대해 나가고 있습니다. 반도체는 모든 전기전자산업이 돌아가게 만드는 피와 같은 소중한 자산이기 때문에 패권을 잃지 않으려고 미국이 현지에 한국 기업들을 유치하려고 애쓰고 있는 것을 보고 계시지 않습니까?"

"어마어마한 지원과 혜택을 선사하더군!"

"또한 전기수소 기술력의 확보는 친환경 정책을 추구하는 모든 선진국들이 앞다퉈 매진하는 부문인데, 그 또한 한국이 선도하고 있다는 사실을 주목할 필요가 있습니다. 당장 스페인처럼 일본 기업들이 파산을 선고한 국가의 경우, 국가경제에 심각한 타격을 입고 있는데 그 대체 산업을 주도할 국가로 한국을 지목하고 적극적인 구애를 하는 것도 현실입니다."

들으면 들을수록 총리는 불안감이 가중되었다.

태국 경제의 근간은 누가 뭐래도 아직은 일본 기업들이 중추를 이루고 있기 때문이다. 그들이 이미 하나둘 생산기지를 정리, 감축하면서 자연스럽게 발생한 실업 문제와 세수 부족은 이미 경제지표에 심각한 타격을 주고 있음도 사실이다.

그런데 국가를 책임지고 있는 자신은 정작 넋 놓고 있지 않았던가! 베트남을 필두로 인도네시아, 말레이시아, 미얀마 등이 한국 기업의 투자를 유치하려고 목을 매는 것을 보며 속으로 비웃었다.

그들에 비해 태국은 거의 모든 해외 기업들이 투자를 진행했거나 진행을 타진하고 있었기 때문이었다.

"만약 일본 경제가 무너져 국가 파산의 위기에 처하면 가장 큰 타격을 받을 국가가 어디일까요?"

"어디지?"

"일본 기업들이 가장 많은 투자를 진행했고 생산 거점으로 삼고 있는 국가들이 도미노처럼 연쇄적인 파산을 맞게 될지도 모릅니다. 바로 태국이 그 선두에 있다고 생각합니다."

"하아! 가볍게 넘길 일이 아니로군!"

"가능하다면 한국 기업의 투자를 유치하는 것이 좋지만 현실적으로 매우 어렵습니다."

"왜?"

"노동생산성은 인근 국가 중에서 가장 높지만 문제는 임금도 덩달아 높고 무엇보다 큰 장벽은 태국 국민들의 근거 없는 일본 사랑입니다."

일본 사랑?

지나치다는 생각이 앞섰지만 틀린 말도 아니었다.

자신부터 일본에 대한 이미지가 좋다. 일본 제품이라면 최고라고 생각하며 일본에 대한 막연한 동경마저 품고 있는 이들이 많다.

실제로 태국에 일찌감치 진출한 일본 기업들은 태국 경제를 이끌었고, 일본인들은 비난을 받을 짓을 거의 하지 않는다는 인식이 박혀 그나마 외국인들이 많이 찾는 태국에서 일본인들에 대한 인식은 매우 좋은 편이다.

"근거가 없지는 않지. 일본인들은 매너가 좋고 끝까지 책임을 지는 경향이 강하다는 거 자네도 알지 않나?"

"인정합니다. 남에게 폐를 끼치지 않는 국민성을 지녔죠. 하지만 수십 년 동안 일본이 태국을 거점으로 얼마나 많은 경제적 이득을 취했습니까?"

"그들의 고용 덕분에 태국 경제도 동반 성장한 것도 사실이지 않은가!"

"아…… 어떤 예시가 좋을까요?"

잠시 생각을 정리한 소이치로는 이번에도 한국을 예로 들었다. 개인적으로 입에 담고 싶지 않은 내용이지만 이보다 정확하고 설득력이 있는 설명은 없었기 때문이었다.

일본의 식민 지배를 받은 한국은 말로 형용하기 힘든 치욕은 물론 실질적인 피해를 입었다.

그런데 해방 80년을 맞이하는 지금도 일제의 편에 서서 그들의 논리로 자국민의 피해를 외면하는 작자들이 사회 지도층 중에 버티고 있다.

"학교를 세우고 철도를 깔아 준 덕분에 지금의 한국이 있다고 떠듭니다. 부모 형제를 죽이고 재산을 강탈한 도둑이 보리쌀 몇 대 내줬다고 그걸 얘기를 하면서 은혜를 베풀었다고 하는데, 어찌 피가 끓지 않겠습니까!"

"일본은 한국과 수교하면서 엄청난 보상을 치렀고 그로 인해 법적인 책임은 다하지 않았던가?"

"참으로 부끄러운 이야기지만 국민들이 원치 않는 그런 짓을 저지른 정권은 총칼로 국가를 전복하고 자신이 대통령이 되기까지 일본 정부의 지원을 받았던 친일 세력이었습니다. 총리께서는 사리사욕을 위해 국가와 민족을 배신하실 수 있으시겠습니까?"

"그건 말도 안 되지!"

"하지만 한국에서는 그런 뼈아픈 역사가 진행되었고 아직도 그 뿌리가 남아 사회 분열을 조장하고 있는 게 사실입니다. 그럼에도 불구하고 지금과 같은 고도성장을 이뤄 강대국의 반열에 들어선 것을 보면 한국의 민주주의는 피로 쓴 역사라고 봐도 무방할 겁니다."

"피로 쓴 역사라…… 존경스럽군!"

"그 슬픈 역사가 지금 미얀마에서는 버젓이 일어나려고

하지 않습니까!"

"쿤디!"

티라뎃 총리도 쿠데타로 집권한 정치인이다.

때문에 너무도 민감한 사안이지만 지금 언급되고 있는 민족을 배신한 자들과는 본인 스스로 다르다고 생각하기 때문에 어렵사리 입에 담을 수 있었다.

그래도 찔리긴 찔릴 가능성이 높아 얼른 화제를 전환했다.

일본이 수십 년 동안 태국 경제를 떠받쳐 줬다면 지금 태국의 산업 기반이 왜 아직도 후진성을 면치 못하고 있는지 질문을 던진 것이다.

고기 잡은 법을 가르쳐 주지 않고 겨우 먹거리만 던져 주고 이용당했다는 사실을 보다 확실히 인지시킬 필요가 있었다.

"그래서 집권 후에 내가 직접 경제 개발 5개년 계획을 세우고 적극적으로 추진하고 있지 않은가!"

"바람직한 방향이라고 생각합니다. 하지만 과거를 정확히 진단하지 않으면 미래 또한 밝을 수가 없습니다. 한국의 투자를 집중적으로 받은 베트남의 경우는 태국과 완벽히 다른 극단적인 길을 걷고 있습니다."

"극단적이라니?"

"일본 기업들은 자신들이 없으면 아무 것도 할 수 없도록 철저히 경쟁을 허용하지 않고 독점을 해 왔습니다. 당장 닛산을 인수해 완성차를 생산하고 있는 저희 SSL 모터스만 해도 태국 기업이 기술력을 가지고 있는 경우는 없습니다. 그런데 베트남을 보십시오. 한국 기업들은 과감히 기술을 전수하고 동반 성장을 외치는데, 되레 뒤통수를 치지 않습니까?"

"아! 빈 그룹?"

말이 나오자 그도 내용을 알고 있는 듯 대화가 통했다.

베트남은 일본 기업과는 달리 한국 기업들이 상생을 도모함에도 불구하고 오히려 인력을 빼내고 기술을 훔쳐 자국 위주의 성장을 꾀했다.

그게 정당한 방법과 과정이라면 문제가 없지만 도둑놈 심보를 가지고 고마움도 모르는 배은망덕한 짓을 너무도 뻔뻔하게 자행했다.

물론 그에 따른 대가는 두고두고 톡톡히 치르겠지만 한국과 일본, 베트남과 태국의 사례를 비교하면 태국의 문제점이 확연하게 드러나게 된다.

물론 그렇게 되도록 일본 기업이 주도했고 집권 세력이 비호했기 때문이라는 것은 재론의 여지가 없었다.

"일본이 패망의 길로 가고 있고 한국의 투자도 받기 어렵다면 우린 대체 어떻게 해야 하나?"

"비관할 필요는 없습니다. 노동생산성이 높은 만큼 기술 집적적인 투자는 여전히 유효하며 이젠 총리께서 천명하신 산업 구조 개선을 위한 대대적인 노력을 기울여야 합니다."

"아무리 강조를 해도 꿈쩍도 하지 않는데……."

"그건 꿈쩍하지 않아도 괜찮다는 믿음이 있기 때문이 아닐까요?"

"그게 대체 무슨 말인가?"

"외람되지만 기업과 관계 기관이 서로 상부상조하는 풍토가 너무 굳건하다는 의미입니다."

"아!"

그때서야 총리가 말뜻을 이해했다.

부정부패 커넥션을 언급한 것이었기에 그의 얼굴이 벌겋게 달아오를 수밖에 없었다.

정부가 주도적으로 정책을 펼치는데도 따르지 않는다면 사례에 따라 강력한 제재를 가해야 하는데, 다 한 편이다시피 하다 보니 움직이지 않는 것이었다.

"저희 SSL이 정부 정책의 최첨단에 서겠습니다."

"이미 그렇게 하고 있지 않소?"

"알아주셔서 감사합니다. 저도 이 문제에 대해 깊이 생각을 해 봤는데, 이제 과거와 단절할 때가 되었다고 생각합니다."

"과거와 단절이라면 오랜 풍습을 뜯어 고치자는 말이오?"

풍습이라니?

하기야 본인 입으로 부패 커넥션이라고 표현할 수는 없었을 것이다. 또한 그만의 잘못도 아니며 한두 해 이어져 온 폐습도 아니다.

그의 심정은 이해하지만 어이가 없어 잠시 말이 나오질 않았다. 그러나 이내 집중해서 본론을 꺼내기 시작했다.

"한 번에 폐습을 없애기는 불가능할 겁니다."

"안타깝지만 그게 사실일세."

"그래서 단계적으로 시행을 해야 하는데, 그 첫 단추는 TJ 경제협력단과의 결별을 선언하시는 겁니다."

"그 안에 자네 가문의 사업체도 있다는 거 아는가?"

"히타치 말입니까? 상관없습니다. 또한 그로 인해 발생하는 일체의 부작용은 저희 SSL이 대신 짊어지겠습니다."

"쿤디. 그걸 다 합하면 엄청날 텐데?"

"중요한 것은 악순환의 고리를 끊는 것입니다. 일개 기업이 대체하기 힘들다는 것은 알지만 기꺼이 감당할 것이며 반대급부를 원하지도 않겠습니다."

"이 사람이 정말……. 그렇다면 나도 대대적인 개혁을 단행하겠네. 최소한 외국 기업과 연계해 청탁을 받거나 편의를 봐주는 행위를 근절하도록 강력한 조치를 취하지."

세부적인 것은 언급하지 않았다.

서로 낯간지러운 부분이기 때문이었고 소 대표도 총리에 대한 선입견이 수정되는 신뢰를 쌓게 되어 만족스러웠다.

말이 나온 김에 산업 구조 개선을 위한 정부 시책 전반에 대한 소이치로의 의견을 경청한 총리는 연신 박수를 치며 적극적으로 반영하겠다는 의사를 밝혔다.

요점은 첨단산업에 투자하는 자국 기업에 대한 다양한 혜택을 제공하는 것이었다. 권장하지만 투자하지 않는다고 채찍을 들 수는 없고 과감한 장려 정책을 펼침으로써 동참하지 않을 수 없게끔 유도하는 것이 최선이었던 것이다.

"본의 아니게 저희가 과도한 특혜를 누리게 될 것 같아 마음이 편치는 않습니다."

"아닐세. 그건 정당하고 올바른 조치라고 생각해. 내가 진즉에 그런 열린 사고를 가지고 정책을 폈어야 하는데, 이제야 개안이 되는 것 같아 솔직히 부끄럽지. 앞으로 종종 만나 자네의 고견을 청취하고 싶은데, 가능하겠나?"

"불러만 주신다면 언제든 달려와 소견을 밝히겠습니다."

"하하하! 고맙소, 고마워."

70. 부자 몸조심

인생 2막,
섬나라 재벌로!

소기의 목적은 달성되었다.

　시작은 불안했다. 느닷없이 총리의 망나니 아들과 실리완의 악연이 등장하면서 기껏 준비한 것들이 다 무용지물이 되는 줄 알았다.

　하지만 실리완의 냉정하고 당돌한 대처가 돋보였고 무엇보다 의외였던 것은 티라뎃 총리의 올곧은 인품이었다.

　그의 존재가 태국의 민주화에 걸림돌이라고 생각했었다. 권력을 잡은 방식이 옳지 못했고 최근 들끓고 있는 민주화에 대한 국민들의 열망이 뜨거운 점도 영향을 미쳤다.

　그런데 자격 여부를 떠나 그는 대인배였다.

기분 좋게 독대가 마감되어 만족스러웠는데, 일어서려고 하자 그가 또다시 매우 복잡한 화제를 던져 놓았다.

"쿤디. 자네에게 궁금한 것이 하나 더 있네."

"말씀하십시오."

"미얀마 말일세. 혹시 자네, 미얀마 문제에 관여하고 있는 건가?"

"네."

설마 했던 대답이 흘러나오자 그는 곧바로 상체를 곧추세우며 큰 관심을 보였다. 이미 대화 중에 스스로 관련된 언급을 했기 때문에 부정할 수 없었다.

어차피 곧 드러나게 될 일을 괜한 거짓말로 둘러댔다가 신용만 잃게 될 점도 고려해 아예 터놓고 의논하는 게 낫다고 판단한 것이다.

"자네 의부인 찬타라 회장 때문인가?"

"짐작하고 계신 것과 다르지 않을 겁니다."

"그분이 일선에서 물러난 뒤에 어떤 일을 하시는지는 익히 들었지. 솔직히 우리 정부 입장에서는 반가운 일이 아니잖아."

"이해합니다. 하지만 태국의 온화한 정책과 달리 미얀마는 소수민족에 대한 차별과 핍박이 여전히 존재하기 때문에 내전이 벌어지면 돌이키기 힘들다고 판단했습니다."

"그렇다면 자넨 어떤 방향으로 진행되길 원하는가?"

"군부의 과도한 힘을 제어하기 위해 일단은 올바른 정치 의식을 가진 가문에 힘을 몰아줄 필요가 있다고 생각합니다."

"테인 세인 가문인가?"

미얀마는 태국과 떼려야 뗄 수 없는 역사를 교류하고 있는 나라다. 미얀마의 침략을 당해 큰 치욕을 겪었던 적도 있어서 한일 관계처럼 서로에 대한 악연이 깊고 국민들 사이에서도 크나큰 반감이 존재한다.

미얀마가 오랜 독재와 내전으로 국력이 쇠약한 지금은 가난한 이웃 국가로 전락해 수많은 미얀마 사람들이 태국에 들어와서 온갖 궂은일들을 하면서 돈을 벌고 있다.

자연스레 불법 체류자들이 생겨났고 큰 사회문제로 대두되면서 일제 검문검색을 통해 강제 추방하는 경우도 빈번하다. 국경 경계가 취약한 지역은 문제일 수밖에 없는 것이다.

여하튼 티라뎃 총리가 바로 테인 가문을 지목하자 소이치로도 뜨끔했다. 그 정도 정보력을 지녔다면 과연 사실대로 말하는 것이 괜찮을지 쉬이 판단이 서질 않았던 것이다.

잠시 머뭇거리자 총리가 먼저 편안한 분위기를 조성했다.

"나도 민 아웅 상급대장의 실력행사가 마음에 들지 않아."

"미얀마 군부와 교류가 있으십니까?"

"현재 집권하고 있는 중추 세력과는 적절한 거리를 두고 있다네. 사적인 교분을 맺고 싶지 않은 것이 북부의 군벌과 오랜 교류를 이어 온 까닭일지도 모르지."

"그렇다면 솔직하게 말씀드리겠습니다. 저는 미얀마의 동향을 세밀하게 살폈고 우 싸우 가문과 친분을 맺고 있습니다."

"아! 우 장군! 만나 보진 못했지만 어진 분이라고 들었네."

반전의 연속이었다.

쿠데타로 집권한 그가 유유상종일 것이라고 생각했다. 그런데 결이 다르다는 느낌을 받았다. 미얀마 군부의 최고 실력자를 대놓고 싫어한다는 말은 아무리 그라도 쉽지 않기 때문이다.

사적인 교감이 없는 정도가 아니라 거북한 일이 있었을지도 모른다는 생각이 들었다. 게다가 북부 군벌인 테인세인 가문과 우 싸우 가문에 대해서는 우호적인 감정을 드러냈다.

참으로 다행이라는 생각을 하면서 대화를 이어 나갔는데, 그로부터 깜짝 놀랄 이야기를 전해 듣게 되었다.

"타닌타리를 비롯한 살윈강 동쪽은 본시 태국의 땅이네.

샨, 카야, 카렌, 몬, 타닌타리 주에 걸친 매우 광범위한 지역이지."

"버간 왕조가 멸망한 뒤, 시암 족 왕국인 수코타이, 아유타야 왕조가 다스렸다는 것은 알고 있습니다. 하지만 버마족과 타이 족이 번갈아 다스렸고 영국 점령기를 겪은 뒤 미얀마가 독립하면서 지금의 국경이 정해진 것으로 압니다."

"그때는 우리 땅이라고 주장할 힘이 없었지. 하지만 기회가 된다면 반드시 되찾아야 할 땅이라고 난 생각하네."

정말 난감했다.

미얀마 정세가 불안하다는 이야기를 나누다 말고 갑자기 고토 회복을 들고 나온 티라뎃 총리, 그는 소이치로와 전혀 다른 방향에서 이 사안에 접근하고 있었던 것이다.

미얀마에 내전이 일어나면 중국은 땅덩어리가 넓은 북부와 뱅골 만으로 통하는 길목을 노릴 텐데, 태국도 그 혼란을 틈타 삐죽 튀어나온 남부의 타닌타리 주를 고토 회복이라는 명분하에 잘라먹을 야심을 품고 있었던 것이다.

긴 말레이반도의 굵은 끝자락에는 말레이시아가 자리를 잡았고 그 위로 태국 영토가 세로로 길게 늘어졌는데, 미얀마와 동서로 반반 나누고 있어 그 생김새가 아주 기묘하다.

"하필이면 지금 말씀하신 지역의 경계선이 저희가 의료 봉사를 갔던 칸차나부리 서쪽 끝이로군요."

"그렇지. 사실은 모울메인을 포함해 살윈 강 우측 땅을 다 취하면 좋은데, 거기 사는 몬족과 카렌족이 보통 사나워야 말이지. 반군의 저항을 누를 자신은 있지만 장기전으로 번지면 우리에게도 부담이 될 거야. 그래서 난 더도 말고 현재 타닌타리만 회복해도……."

"그럼 민족의 영웅이 되시겠군요!"

"허허허! 역사는 그렇게 쓰일 가능성이 높지."

황당하기 그지없었다.

민족의 영웅이라니?

그 과정에서 죽어 나갈 수많은 인명은 어쩌란 말인가?

하지만 그게 정치인이라는 생각이 들었다. 대의를 위해서 희생은 불가피하다고 믿는 아주 특이한 정신 구조를 가진.

하지만 그걸 용납할 수는 없었다.

전쟁을 전제로 하는 그 어떤 행위도 용납할 수 없었기에 소이치로는 그와 더 깊은 대화를 나누어야만 했다.

"총리. 해당 지역에 사는 사람들은 어떻게 생각할까요?"

"미얀마보다는 태국 국민이 되길 더 바라지 않을까?"

"아무런 희생이 없다면 그럴지도 모르죠. 그러나 사랑하는 누군가가 죽음을 맞이하는 장면을 보게 되고 양국의 전쟁으로 번지면 총리는 영웅이 아니라 전범이 될 수도 있습니다."

"전범?"

"평화의 시대가 길었고 2차 대전의 전화에서도 태국은 별고 없이 잘 버텼다고 알고 있습니다. 하지만 태국이 고토 회복을 주장하며 침략한다면 미얀마는 모든 내분을 멈추고 똘똘 뭉쳐 사력을 다해 대항할 가능성이 높습니다."

"철저히 준비해서 단숨에 점령해야지!"

"그걸 과연 용납할까요? 수많은 선진 국가들이."

국경 분쟁은 지금도 꾸준히 문제화가 되고 있다.

가장 눈에 띄는 것이 일본을 둘러싼 한국, 러시아, 중국과의 영유권 분쟁이다. 무척 민감한 문제지만 주장만 반복할 뿐, 실제로는 점유하고 있는 나라가 우선적인 권리를 갖고 있다.

기존 질서를 무너뜨리는 국지전이 벌어지면 양국 간의 전쟁으로 번지고 여러 국가가 얽히고설킨 대전으로 확대될 수도 있기 때문에 먼저 침략하는 쪽이 명분을 잃게 된다.

즉, 타닌타리 회복은 지지를 받지 못할 가능성이 훨씬 높다는 의미였다. 러시아와 같은 국가도 국제적인 재재를 받는 마당에 태국은 말할 것도 없다.

"미얀마보다는 여러 모로 유리하지 않을까?"

"유리하다고요? 과연 누가 태국을 지지해 줄까요? 일본?"

"미국을 비롯한 서구 선진국들도 우릴 지지해 주지 않을까?"

"왜요? 태국을 지지해 줄 이유가 뭐죠?"

"……."

티라넷 총리는 대답을 찾지 못했다.

제3자가 끼어들지 않으면 미얀마를 쉽게 이길 것이라고 말하지만 그건 과거와 달라진 현대전의 양상을 무시한 발언이다.

침략을 당하고 가만히 있을 국가는 존재하지 않는다. 그런 집권 세력은 국민들로부터 먼저 버림을 받게 되기 때문이다.

객관적 전력이 약할수록 무리수를 둘 수밖에 없는데, 아예 태국의 주요 도시에 미사일을 발사해 버리거나 테러를 가하게 되면 그 피해는 이루 말할 수 없는 지경에 이를 것이다.

양국은 1,000km가 넘는 긴 국경을 맞대고 있어 절대 국지전으로 끝나지 않을 것이며 돌이킬 수도 없는 파국에 이른다는 사실을 간과하면 안 된다.

"총리께서 미처 염두에 두지 못한 것이 있습니다."

"뭐지?"

"전쟁의 결과가 반드시 국력의 차이와 비례하진 않는다는 겁니다. 미얀마가 그리 녹록한 국가였습니까?"

"으음……. 그렇지는 않지."

"부자가 몸조심한다고, 싸움은 가진 게 많은 사람이 불리한 법입니다. 당장 자신이 쌓아올린 터전이 무너지는데 어느 누가 그 전쟁을 지지하겠습니까?"

"오히려 우리나라가 내분에 휩싸일 수도 있다는 말이군!"

"외람되지만 전 그렇게 생각합니다. 선진국들이 뒤에서 받쳐 줘도 승리를 보장하기 힘들뿐더러 오히려 깊은 상처만 남기게 될 겁니다. 경제가 수십 년 전으로 후퇴해 주변국과 별다르지 않은 상황이 될지도 모릅니다."

그 말을 듣고 나서야 총리의 생각이 현실로 돌아온 것 같았다. 포부는 품을 수 있지만 현실의 냉혹함을 안다면 전쟁은 무슨 수를 쓰더라도 막아야 한다.

특히나 국가의 운명을 쥐고 있는 위정자가 헛된 망상을 품으면 어떤 일이 벌어지는지 역사가 교훈을 내리지 않던가!

소이치로도 그가 야욕을 실행에 옮길 가능성은 낮다고

봤다. 하지만 주변에서 부화뇌동하기 시작하면 불가능한 일들도 가능해 보이기 마련이다.

그래서 가차 없이 잘랐던 것이다. 허망한 표정을 감추지 못하고 있는 그에게 생산적인 역할을 맡겨야겠다는 생각이 든 것도 그때였다.

"미얀마의 정치적 안정이 태국에도 나쁠 게 없습니다."

"무슨 근거로?"

"경제가 성장하려면 밑천이 필요합니다. 한국 경제가 발전하는 동안 곁에서 꿀을 빤 일본의 경우를 참조하면 됩니다. 일본은 애써 외면하지만 한국의 대외무역 적자가 가장 극심한 나라가 일본입니다. 원유를 수출한 것도 아닌데, 일본은 60여 년 동안 무려 7000억 달러(794조 원)를 뽑아 먹었습니다."

"허어! 정말 어마어마하군!"

"물론 무역 적자에 부정적인 요인만 있는 것은 아니죠. 하여튼 산업 기반이 취약한 미얀마가 성장하기 위해 필요한 것들을 이웃 국가이며, 한발 앞선 성장을 거둔 태국이 제공하면서 동반 성장할 수 있는 좋은 기회가 될 것이라고 생각합니다."

직접 투자는 물론 합자를 통한 부가가치를 키워 나가야 한다는 소이치로의 의견을 경청한 그는 무릎을 탁 쳤다.

땅을 빼앗는 것보다 경제적인 주도권을 쥐는 것이 훨씬 효용이 높다는 지적을 받아들인 것이다. 위험하지도 않을 뿐더러 일련의 과정을 통해 구태에 젖은 태국 경제도 동반 성장할 수 있다는 점이 큰 장점이었다.

대충 급한 불을 끄고 났더니 그는 미얀마에 대한 마지막 퍼즐을 맞추기 원했다.

"민 아웅 장군은 절대 녹록한 사람이 아닐세."

"네. 의심도 많고 권력욕도 대단하더군요."

"그런데 어떻게 우 싸우 가문이 권력을 틀어쥘 수 있을까?"

"하하하! 절대 쉬운 일은 아닐 것 같습니다."

"그러니까! 당장 북부를 양분하고 있는 테인 세인 가문도 그냥 지켜보지만은 않을 텐데?"

"테인 가문은 이제 군부와 갈라선 것으로 압니다. 실제 동원 가능한 여력도 예전과 같지 않다고 아는데, 제가 미처 모르는 게 있는 겁니까?"

"인도와 방글라데시를 막고 있는 서부 전선을 무시하면 안 되네. 백 마디 말보다 직접 만나 보는 것이 좋지 않을까?"

그는 가문을 실질적으로 경영하고 있는 테인 세인의 차남 '슈에'라는 인물과 만날 수 있는 자리를 열어 주겠다고 했다.

그가, 아니 태국이 직접 나서지 않겠다는 의지를 드러낸 것이 고마웠고 힘까지 보태 주겠다는 선한 의지를 받아들였다.

그는 슈에가 보통 인물이 아니라고 말했다. 이미 우 가문의 쟁쟁한 인물들을 만나 본 적이 있는 소이치로는 총리의 말을 통해 미얀마에 참 인물이 많다는 느낌을 받았다.

특별한 인물이 아니라면 굳이 그가 직접 나서서 중재할 필요는 없다는 생각이 들었기 때문이다.

* * *

"뭐가 그렇게 오래 걸렸어요?"

"그러게 말입니다. 얘길 하다 보니 의외로 상의할 게 많더군요. 별일 없었죠?"

"어머! 저 걱정하셨어요?"

"탭은 제 집으로 돌아갔습니까?"

"원래 겁이 많은 놈이에요. 총리께서 우리까지 있는 자리에서 따귀까지 때리셨으니 충격이 상당했을 거예요."

"집적거리지 않았다니 다행입니다."

얘기가 길어져 1시간을 훌쩍 넘긴 뒤에야 나왔다. 일단 인사하고 숙소로 복귀하면서 협의된 내용에 대해 풀어놨다.

소이치로가 티라뎃 총리의 인품에 대해 좋은 평을 내리자 실리완도 고개를 끄덕였다. 과거 자신에게 못된 짓을 저지른 탭을 차논은 용서할 생각이 없었다.

하지만 아들을 위해 무릎까지 꿇고 비는 아버지의 모습은 피해자였던 그녀에게도 상당히 인상적이었던 모양이다.

자존심이 강해서 웬만하면 사과도 꺼리는 태국 고위인사치고는 보기 드문 가정적이며 헌신적인 태도였기 때문이다.

"총리 비서관과 구체적인 협의를 시작하라고 지시할게요."

"이번에 총리가 대대적인 개혁을 단행한다고 하니까 그 수위를 잘 보고 적절하게 대처해야한다고 전하세요."

"개혁이요?"

"부정부패 근절을 천명할 필요가 있음을 본인도 인정했습니다. 민심도 진정시킬 수 있어 일석이조라고 하더군요."

"평소 눈엣가시 같았던 정적 몇이 날아가겠네요. 호호호."

"부정적으로 볼 필요는 없습니다. 그렇게 한 단계씩 맑아지다 보면 민주적이며 투명한 사회로 나아갈 겁니다."

"흥! 정작 가장 큰 덩어리는 건드리지도 못하잖아요!"

"완……."

실리완이 무슨 말을 하는 것인지 단번에 알아들었다.

그녀는 왕실을 지칭하는 것이었다. 전임 국왕은 국민들의 존경과 사랑을 한 몸에 받았는데, 왕위를 물려받은 현 국왕은 부친과는 다른 이색적인 행보를 보이고 있다.

웬만하면 가려지는 게 왕실의 추문인데, 아무리 감춰도 밖으로 표출될 정도라면 상황은 생각보다 심각하다는 의미였다.

국왕에 대한 예를 다하도록 법에 명시되어 있음에도 우리에게 왜 왕이 필요하냐는 피켓이 등장하고 있으니 그녀의 지적을 무턱대고 부정할 수는 없었다.

"왕실에 대한 사회적 합의가 재정립되어야 해요."

"동의합니다. 하지만 책임 있는 자리에 서 있는 사람일수록 더 조심하고 경계해야 하는 부분이기도 하죠."

"아뇨. 책임 있는 사람들이 앞장서야죠. 언제까지 무고한 젊은이들의 희생을 지켜보기만 할 거냐고요! 시대에 뒤떨어진 법령도 바로잡고 민주적인 절차를 존중해야 전통도 지키고 서로가 양립할 수 있다고 생각해요."

"영국이나 일본처럼 말입니까?"

"네. 우리가 지금 어떤 세상에 사는데, 아직도 사람 위에 사람이 있다고 믿느냐고요! 어마어마한 왕실 재산도 확실히 정리해서 국고로 귀속시킬 필요가 있다고 생각해요."

소이치로는 대꾸할 다른 말을 찾지 못했다. 동의하지 않을 수 없는 너무도 분명한 실체적 사실이었기 때문이다.

다만 왕실 재산 처리에 대한 부분은 이견이 있을 수 있다는 생각이 들었다. 사유재산으로 규정하고 보호하는 현행법을 뜯어 고쳐야 하는데, 국민들의 동의가 모아질지도 의문이었다.

아직도 왕실에 대한 존경을 표하는 세력이 만만치 않아 국론 분열로 이어질 가능성도 높고 그 혼란을 틈타 또다시 쿠데타가 일어날 상황도 대비할 필요가 있기 때문이었다.

"태국의 민도가 그걸 감당할 수준에 이르렀다고 봅니까?"

"……보스는 어떻게 생각하세요?"

"안타깝지만 단계를 밟아 조심스럽게 추진해야 한다고 생각합니다. 안정적인 민정 이양도 확보하지 못하고 빈번하게 쿠데타로 정권이 뒤집히고 있다는 점을 간과하면 안 됩니다."

"할 말이 없네요."

"그래서 중산층의 두터운 성장이 필요하죠. 경제력이 깨지지 않는 또 다른 신분의 벽이 되지 않도록 지속적인 경제 성장이 이뤄져야 하는 겁니다."

"제도 정비도 필요하잖아요."

"그런 측면에서 보자면 티라뎃 총리는 과도기적인 역할을 무난히 감당할 사람으로 보였습니다."

실리완이 거기까지 동의하지는 못했다.

아무래도 사적으로 얽힌 부정적인 이미지가 작용한 것 같았다. 그래서 더 분명하게 방향을 정해 줄 필요가 있었다.

정부가 산업 체질 개선을 위한 노력을 경주할 때, SSL이 귀범이 되어야 하며 필요하다면 굿데이 멤버들을 독려하고 지원해 솔선수범하는 모습을 보이라는 것이었다.

정부가 파격적인 혜택으로 호응을 해 주면 투자를 꺼리던 보수적인 자본의 투입을 촉진하게 되리라고 본 것이다.

"정부가 제때 손을 마주쳐 줄까요?"

"그래서 핫라인이 필요합니다. 누가 가장 총리의 신임을 받고 있는지 확인하고 그와 직접 논의하면서 밀고 나가는 게 좋을 것 같습니다."

"그럼 보스가 산업부차관인 푸티퐁을 총리께 적극 추천 좀 해 주세요."

"아! 푸티퐁이 차관이 되었습니까?"

"아무리 바빠도 사람은 챙기셔야 해요. 이싼 지역의 대표 가문이 아니더라도 그는 충분히 좋은 인재잖아요. 똑똑하고 추진력도 갖췄는데, 공정한 처사로 평가가 매우 좋아요."

"좋습니다. 언제 식사 자리를 한 번 주선해 주세요."

오랜 만에 푸티퐁에 대한 이야기를 들었다.

정신없이 바빠 미처 챙기지 못했으나 그에 대한 호평을 이어 가는 실리완의 말을 들으며 그러면 태국을 이끌 좋은 차기 지도자로서 부족함이 없다는 생각이 들었다.

젊고 기반이 든든하다는 것도 장점이다.

문제는 중앙 정계에 기반이 취약하고 정치색이 약하다는 것인데, 그걸 커버할 수 있는 묘안이 떠올랐다.

그래서 본사로 복귀한 소 대표는 세이프티의 두 중역을 불러 또 하나의 새로운 프로젝트를 지시했다.

"정경 유착은 지양해야 한다는 지침을 가진 것으로 아는데, 총리와 대화를 나누며 무슨 일이 있었습니까?"

"티라뎃 총리는 제 예상보다 훨씬 괜찮은 사람이었습니다. 다만 장기적으로 태국의 정치 안정이 우리에게도 바람직하다는 생각이 들어 적극적인 개입은 자제하되, 정치로 인해 리스크가 커지는 것은 컨트롤할 필요가 있다고 판단했습니다."

"그게 그거 아닌가요?"

"아니죠. 총리가 테인 가문의 슈에라는 인물과 만남을 주선하겠다고 하는데, 그에 대한 정보 좀 취합해 주십시오."

"테인 슈에는 이미 주요 인사로 분류되어 조사를 마쳤습니다. 더 상세한 자료가 필요하다면 즉시 지시를 내리겠습니다."

"어디 한 번 보죠."

윤원호와 연결되어 있는 비밀 서버에 접속해 미얀마 관련 폴더를 열고 인물 편을 클릭했더니 대략 50여 명의 상세한 자료가 정리되어 있었다.

현 집권 세력과 우 싸우 가문의 인사들이 대부분이었는데, 그 와중에도 테인 슈에에 대한 문서가 보였다.

그만큼 비중 있는 인물이라는 의미였고, 내용을 확인하고는 그가 비범한 능력자라는 것을 단숨에 알아볼 수 있었다.

그들 가문이 관할하고 있는 서부 지역은 매우 위험한 지역으로 구분된다. 소수민족이 다수를 이루고 있으며 미얀마 정부로부터 국민으로 인정을 받지 못하고 있는 로힝야족의 주거지도 포함되어 있기 때문이다.

그래도 중앙 정부의 별다른 도움 없이 다루고 있는데, 그 중심에 서 있는 자가 바로 슈에였던 것이다.

"카리스마가 대단한 자로군!"

"저도 꼼꼼하게 살펴봤는데, 일단 겁이 없고 한 번 옳다고 믿는 것에 대해서는 포기를 모르는 자였습니다."

"다 좋은데, 윤 실장의 그 표정은 뭐지? 뭔가 찜찜한 게 있나 보군. 그게 뭐야?"

"로힝야 족과 이슬람 소수 극단주의자에 대한 차별과 박해에 반대 입장을 보이지만 저는 오히려 그가 진정한 배후라는 느낌을 받았습니다."

"자넨 증거중심주의자잖아?"

"우리와는 크게 관련이 없을 것 같아 미뤄 놨는데, 보스가 만난다면 그냥 넘길 수가 없죠. 제 촉이 맞는지 확인부터 해 보겠습니다."

"오케이."

매우 중요한 이야기였다.

윤원호는 아무 이유도 없이 의심을 품을 사람이 아니다. 느낌이라고 말했지만 확실한 증거가 아니기 때문이라고 받아들이는 것이 더 적절했다.

만약 그가 정말로 차별주의자라면 티라뎃 총리를 속일 정도로 대단한 인물이라고 봐야 했다. 일단 윤 실장의 레이더에 걸렸으니 두고 보면 알 일이었다.

"보스. 아무래도 일본을 한 번 다녀오셔야 할 것 같습니다."

"히타치 관련 사업은 문제가 없을 테고 투자금융에 일이 생겼나 보군요?"

"네. 모모에는 본인이 알아서 처리할 수 있다고 하지만 하루토 미쓰이는 절대 쉽게 당할 자가 아니지 않습니까?"

"하루토……. 그렇죠. 부딪치지 않기를 바랐지만 그도 스미토모와의 금융 연계가 해체되면 자신들에게 어떤 일이 벌어질지 뻔히 알 겁니다. 가만히 있을 수는 없겠죠."

"조짐이 좋지 않아 팀을 붙였습니다."

이틀 후 일본 일정을 잡았다.

내일 한국에 들어갔던 이부용이 오기로 했는데, 미리 약속을 잡아 놨기 때문이다. 웬만하면 연이채를 통해 관리하고 싶었지만 매우 중요한 화제가 있다고 전해 회피할 수가 없었다.

흥미로운 점은 드디어 미쓰비시의 꼬리를 발견한 것이다. 안 실장이 제 측근 임현을 책임자로 세우고 3개의 팀을 꾸준히 운용한 결실이 나온 것 같아 격려하지 않을 수 없었다.

"심증만으로 충분한데, 증인까지 나왔다면 명분도 세울 수 있겠군요. 더 이상 조사에 매달리지 말고 차라리 그 인력을 투자금융사 지원에 투입하는 것은 어떨까요?"

"그럼 한 팀만 유지하도록 하겠습니다."

"뭐가 더 있군요?"

"네. 미쓰비시 산업전시관의 지하창고를 뒤졌는데, 거기서 생각지도 못한 대물이 낚였습니다. 지금 확보한 것은 80년대 이후의 일본 정부와 극우 세력의 불법 로비 기록인데, 시간이 더 주어지면 2차 대전 당시의 자료들도 찾을 수 있다고 합니다."

"그거 군침이 도네요. 말이 나온 김에 본가의 사당도 열어서 확인해 보라고 하십시오."

"보스. 그건 참으시는 좋을 것 같습니다. 굳이 그렇게까지 하지 않아도 충분한 자료를 확보할 수 있을 겁니다."

일본인들은 기록을 꼼꼼하게 남긴다.

필요에 따라 조작하기도 잘하지만 수많은 아픔을 남긴 침략의 역사를 자랑스럽게 기록해 후세에 남길 요량인 것이다.

그런 측면에서 보자면 전범 기업 중에 하나였던 히타치 그룹도 기록을 남겼을 가능성이 높다. 가문의 소중한 보물과 함께 사당의 저장고에 보관하고 있을 가능성이 높다.

관심은 있었지만 들여다보진 않았는데, 미쓰비시의 죄악이 담긴 자료를 확보한다는 말을 듣고는 퍼뜩 생각난 것이다.

하지만 안 사장의 말을 듣고는 자제했다.

"오늘 출전 가능성이 높습니다."

"현우는 불펜이지 않습니까? 등판이 들쑥날쑥할 텐데요?"

"어제 머스그로브가 5이닝을 채우지 못하고 내려가는 바람에 불펜의 소진이 심했습니다. 게다가 오늘 선발인 스넬의 컨디션이 좋지 못해 롱릴리프 대기 지시를 받았다고 합니다."

"그럼 오늘 밤에 한잔해야겠군요. 하하하!"

안 사장은 미국으로 건너가지 않았다.

새로운 계약을 위해 그를 적임자라고 지목했던 현우가 계약을 좀 더 미루자는 의견을 냈고 타당하다고 판단했다.

어차피 메이저리그 최저 연봉은 보장이 되고 지구 우승까지 넘볼 수 있다던 선발 투수진이 최근 급격히 흔들리고 있었다.

때문에 선발진에 구멍이 생길 수 있는지 좀 더 두고 보면서 호투를 이어 가 몸값을 더욱 끌어올릴 요량이었다.

선발 전환이 불가하다면 올해는 그냥 1년 단기 계약으로 마무리하고 타 구단으로 옮길 생각까지 모두 염두에 뒀다.

"엊그제 맞은 안타에 대한 코치진의 반응은 없었습니까?"

"빗맞은 안타였고 오히려 위기관리 능력이 탁월하다는

걸 증명한 셈입니다. 현우의 표정을 보지 않았습니까?"

"담대하긴 하더군요. 문제는 코치진과 팬들도 그렇게 봐 주느냐는 거죠?"

"팬들 사이에 벌써 말이 나오고 있습니다. 3년 4100만 달러를 보장해 줘야 하는 스넬을 트레이드 카드로 써서 외야 거포를 한 명 데려와야 한다는 의견과 현우를 아직 선발로 쓰는 게 무리라는 의견이 부딪치고 있습니다."

"현우 계약 상황에 대해 정확히 알려지지 않은 모양이군요."

"그렇죠. 워낙 특이한 케이스니까요. 그런데 감독은 불펜에 두고 싶어 하는 눈치입니다. 클로저 멜란슨이 36살, 승리조의 스템맨은 37살이라서 내구성에 의문을 품을 만하죠."

그런데 경기가 예상과는 전혀 다르게 흘러갔다.

스넬이 그간의 부진을 시원하게 털어 내고 7이닝 1실점 호투를 이어 갔던 것이다. 문제는 8회를 팀 힐에게 맡기면서 현우의 등판 기회가 날아가게 되었다는 것이었다.

아무리 애리조나를 불러들인 홈경기라도 3:1의 2점 차 리드는 승리를 장담하기 어려웠기 때문이다. 그런데 불펜 에이스로 불린 만한 힐이 아웃 카운트 하나를 잡고 안타와 볼넷으로 동점 주자까지 내주면서 소 대표는 와인을 벌컥 벌컥 마셨다.

목이 탔기 때문이다.

"뭐야? 8회 1사에서 마무리를 내보낸다고?"

"아담스와 스템맨이 어제 무리를 했습니다. 그래도 현우가 나서면 딱 좋은 상황인데, 믿기지가 않네요."

"아웃 카운트 5개를 맡기기 불안한 노장이라면서 왜? 혹시 현우의 마무리 능력을 시험하려는 건가?"

"아! 그럴 수도 있겠네요."

감독의 의중을 헤아리기 어려웠다.

누가 봐도 현우가 나서면 적절할 것 같은 상황이었다.

싱싱한 팔에 제구력이 좋은 현우는 주자가 있어도 좀처럼 흔들리지 않는 좋은 커맨드를 가진 배포 좋은 투수다.

그렇다면 그냥 남은 이닝을 모두 맡겨도 될 것 같은데, 1.2이닝이 너무 길다고 판단한 것 같았다.

하지만 마운드에 오른 멜린슨의 표정이 좋지 않았다. 통산 220세이브에 빛나며 2010년대 MLB 최고의 마무리 투수 중 한 명으로 꼽혔던 자신이 새파란 투수의 능력을 시험하는 일로 세이브 기회를 놓치게 된 것이 화가 난 것이다.

- 어? 저게 뭡니까?

- 이런! 폭투로군요. 저건 카라티니 포수가 아닌 누구라도 잡을 수가 없는 공입니다. 이 중요한 순간에 베테랑인 그가 저런 어이없는 공을 던지다니, 믿기지가 않네요!

- 혹시 태업은 아니겠죠?

- 터너. 그건 너무 앞서간 표현입니다. 메이저리그 13년 차 투수입니다. 팀이 자신에게 무엇을 바라는지 아는데, 그럴 리가 없습니다.

- 아까 마운드에 오를 때 구겨진 표정을 보지 않았습니까?

- 솔직히 기분이 좀 나쁠 수는 있겠죠. 한두 타자 해결하고 세이브를 쌓으면 좋은데, 1.2이닝을 던지게 시킬 리는 없다고 생각했을 테니까요.

문제는 1사 2, 3루에 몰린 상황에서 풀카운트까지 가는 불안한 제구력을 보이더니 결국은 본인이 자랑하는 커터에 타자가 속지 않으면서 주자 만루를 만들고 말았다.

홈플레이트 근처에서 예리하게 꺾이는 90마일 중반 대의 커터로 마리아노 리베라의 후계자라 불렸던 투수인데, 오늘은 그 잘난 커터가 타자에게 읽히고 말았다.

감독이 마운드에 올라갔는데, 교체가 이뤄지지 않았다. 팀의 마무리 투수이자 고참으로서 인정해 준 것 같았다.

"왜 교체를 안 하죠?"

"나쁠 게 없습니다. 어려운 상황에서 등판할수록 빛이 나는 것이니까요."

"역전될까 봐 그러죠!"

역전은 되지 않았다.

스트라이크를 과감하게 던져 1-2를 만들 때만 해도 역시 팀의 마무리 투수를 맡길 만하다는 느낌을 줬다.

하지만 그의 또 다른 자랑인 너클 커브가 낮게 제구되었고 타자가 헛스윙을 했는데, 포수가 그 공을 뒤로 빠뜨리면서 최악의 상황이 빚어지고 만 것이다.

낫아웃 상황에서 3루 주자는 홈을 밟았고 타자도 1루 베이스를 밟으며 3:2로 앞선 1사 만루 위기가 계속 이어지고 말았다.

- 어허! 멜린슨이 지금 뭘 하는 거죠?

- 저건 아니죠! 포수가 실수를 하긴 했어도 그걸 저렇게 대놓고 나무라면 안 되죠!

- 제이스 감독이 부리나케 올라갔습니다. 이젠 교체할 수밖에 없는 거죠?

- 네. 두 번째 올라갔으니 어쩔 수가 없습니다. 문제는 이 최악의 상황에서 누굴 내보내느냐는 겁니다.

- 우리에겐 아티스트가 한 명 있지 않습니까! 3경기에서 4.2이닝을 던져 자책점이 제로인 아티스트 박, 저는 오늘 이 그의 마지막 시험대가 될 것이라고 생각합니다.

- 아아! 그건 좀 심하네요. 좋은 투수인 것은 알지만 이제 겨우 스무 살 투수입니다. 지금은 그 어떤 것보다 경험이 중요한 순간입니다. 감독의 호출이 부담이 될 수도……

〈8권에서 계속〉

퇴마사 가윤

박현수 현대판타지 장편 소설
DONG-A MODERN FANTASY STORY

낮에는 대기업 회장이, 밤에는 악귀를 잡는 악귀가 되는 가윤.
태양신의 축복과 악귀의 저주가 함께하는 몸으로 이백 년을 살아온 남자.

오랜 세월에도 잊지 못한 과거의 인연을 유령으로 재회하지만
그와 함께 과거의 악연이 되살아나 사회에 악의 씨앗을 뿌린다.

기괴한 사건사고가 끊이질 않는 현대 한국의 밤거리를 무대로
수백 년 전의 원한을 끝맺기 위해 가윤이 움직인다!

동아
COMMUNICATION GROUP